U0036275

月光下的舞鞋

朱夏——著

序曲

夏初放學時間，林昱澄騎著腳踏車停在校門口等待。橙色夕陽映照在他的背脊，汗水沾濕制服上衣，他望著來來往往的學生，雙眼搜尋等候的人。

「林昱澄，在等你女朋友喔。」同班同學經過校門口，對他呼喊。

「我看你每天都在等方茹涵，什麼時候公開交往啊？」另一位同學大聲嚷嚷。

「放屁，她就鄰居而已。」林昱澄揮揮手要他們別瞎猜。

「什麼放屁？班上女生都在傳，就說方茹涵喜歡你。怎麼不乾脆趁今天頒獎典禮跟她告白？」

同學話一出，其他幾人隨著起鬨，吵鬧不休。

「噓！吵死了，話不要亂說。」林昱澄伸手拍了同學的頭。

「啊，她來了。喂，方茹涵，林昱澄說有話要跟妳說。」同學見到話題女主角正從玄關走來，不禁拱手大喊。

「閉嘴啦！」林昱澄拿起車籃裡的書包揮向一群人。

同學們捧腹大笑。

「好了，我們不打擾了。」同學向兩人道別後離去。

方茹涵抓著書包揹帶，一手提著一雙粉色芭蕾舞鞋走向他。

「他們剛才在吵什麼？」方茹涵擦去額頭的汗水，並將書包順手塞進籃子裡。

「沒什麼啦，他們在耍白癡罷了。」

「你等很久了嗎？」

「還好，上車吧。」林昱澄將下巴撇向後座。

「你得騎快點，免得被主任看到。」方茹涵微笑坐在後座，單手抓住林昱澄的肩膀，另一手拎著芭蕾舞鞋。

「恭喜妳比賽拿到第一名。」林昱澄側著臉瞥了她一眼。

「只會口頭說嗎？不請客？」方茹涵得意一笑。

「當然請，看妳想吃什麼。」

「讓我想想再告訴你。」

兩人乘著腳踏車穿過學校圍牆旁的樹蔭，微風吹過，輕輕搖晃方茹涵的秀髮。她微笑按住林昱澄的肩膀，靠向前問：「七月就是鋼琴比賽了吧？」

「是呀。」

「我會去幫你加油。你要彈什麼？」

「貝多芬的〈月光奏鳴曲〉。」

「那首曲子聽起來很悲傷耶。怎麼會選它？」

「比賽的主題是貝多芬，只能選他的曲。」

「那怎麼不選〈給愛麗絲〉？每天垃圾車都在放，大家很熟悉。」方茹涵開玩笑。

「別提了，彈那首我會笑場。既然妳這麼喜歡那首曲，那麼妳下次比賽又拿第一，我就彈〈給愛麗絲〉幫妳伴奏。」

「我才不需要！」她鼓起臉頰，伸手敲打他的肩，害他重心不穩腳踏車傾斜。

「別打了，我在騎車耶。」

兩人打打鬧鬧朝家的方向前進，再過一個街口就會抵達兩人的家。他們分別住在公寓上下樓，是從小學就認識的青梅竹馬，感情好如兄妹。

「林昱澄，我之前說過如果我比賽拿第一，會告訴你一個祕密，你還記得嗎？」方茹涵眼見就快到家，突然開口。

「什麼祕密？」林昱澄問道，腳踏車已經抵達住家前的街口，在公寓門前停下。

方茹涵下車，拿起書包。

「什麼事這麼神祕啊？」林昱澄見對方遲遲不說，又再次追問。

方茹涵甜甜一笑，靠向前在他耳邊低語：「我在比賽前許願，如果順利得獎，就要向喜歡的人告白。」

她把手搭在他背上，悄悄寫下四個字。

「妳是認真的嗎？」林昱澄雙頰發紅盯著她的臉，一臉茫然，試圖明白對方是不是在開玩笑。

「你那是什麼表情？」方茹涵見了他的反應，面露不滿，「我要回家了。」

她快步轉身離開。

「方茹涵，妳不聽我的回答嗎？」林昱澄朝著她的背影大喊。

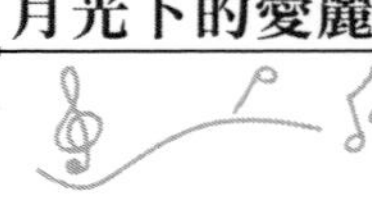

方茹涵轉過身盈盈一笑：「等你鋼琴比賽結束後再告訴我吧。」

林昱澄望著她聳肩微笑，卻見她突然笑容收起，快步跑向自己。

「小心！」方茹涵大叫。

林昱澄還不清楚現況，當方茹涵伸手將他推開時，他轉頭一看只見右方一輛黑色轎車朝著自己衝過來——

目次

序曲 003
第一章、〈給愛麗絲〉 009
第二章、他的愛麗絲 040
第三章、失去鋼琴的貝多芬 065
第四章、若即若離 099
第五章、變奏曲 127
第六章、兩個月光 157
終曲 205
【後記】 211

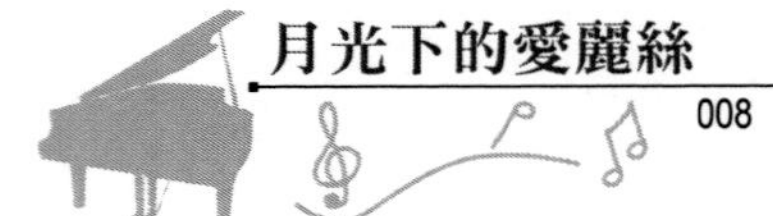

第一章、〈給愛麗絲〉

暑假，全國高中組青年鋼琴大賽在台北公會堂正式展開，全國以成為鋼琴家為目標的高中生全部集聚在此。禮堂入口處滿是參賽者和加油團，葉軒豪站在報到處，手指僵硬。此時他身穿合身的西裝，深感彆扭，不停張望其他參賽者。

「軒豪，加油！」母親在他身後精神飽滿地喊著。

「比賽還沒開始耶。」葉軒豪低聲碎唸。

「你媽媽很有活力唷。」報到處的服務人員撇嘴一笑，讓他更加不好意思。

「沒想到我們家會生出鋼琴家，你爸跟我都不會看樂譜。」母親等他從報到處回來後，愉快地拍著他的肩。

「妳太誇張了，我還沒開始比賽，哪裡來的鋼琴家？」葉軒豪低頭摸著脖子，一臉害臊。

「好好表現，外婆也會以你為榮。」母親輕掐他的肩，同時露出擔憂的神色。

「放心啦，外婆一定會好起來的。」葉軒豪回答，但內心卻很不安。

「你外婆一直希望能到現場看你表演，可惜醫院不允許。」

「她不能來，我把獎盃帶回去就行了。」他說著一口自信滿滿的話，卻難為情地瞥向其他參賽者。

「外婆聽到你的話，一定很開心。」母親欣然一笑。

他從幼稚園時便對鋼琴充滿興趣，巴著母親讓他去鋼琴教室，若非外婆強力支持，他父母也不會讓他學琴。每次假日他就會到鋼琴教室練習，對鋼琴的愛好使他的琴藝蒸蒸日上，在學校也經常負責典禮伴奏，並參加各項比賽。

從國小六年級起，母親帶著他到各縣市參賽，四處征戰，也使他對鋼琴產生了另一種情感，除了熱情，鋼琴帶來的榮耀使他獲得更多滿足。而這次參賽，無非是為了報答外婆，希望能獲得好成績，讓她以自己為傲。

「軒豪一定能成為傑出的鋼琴家，外婆很期待看到那一天。」外婆總是將這句話掛在嘴上。當他得知外婆此次住院恐怕很難再回家時，他便下定決心，以這場比賽實現外婆的期許。

「再過十分鐘報到時間即將結束，還未報到的參賽者請盡快報到。」廣播在禮堂內傳播。

「完成報到的同學，麻煩來這裡依出場順序排隊。」工作人員站在禮堂側門呼喚。

「軒豪，加油，媽媽會在觀眾席看你演出。」他母親輕拍他的肩，「緊張的時候，想像所有人都是西瓜就不會怕了。」

他對於母親的鼓勵只是害臊地點頭，快步走向工作人員。

工作人員依出場順序一一叫號。

「19號，林昱澄？19號！」工作人員大喊，但遲遲無人現身，見到葉軒豪便問：「你是幾號？」

「20號。」

「你先排進來。」工作人員皺眉又再次呼喚林昱澄，但依舊不得回應。

葉軒豪望向手錶，距離比賽開始只剩半小時，不禁冒冷汗。他一直以來參加的都只是小型比賽，這是他第一次參加這種高規格的全國性比賽。

19號是不來了嗎？葉軒豪心想。

工作人員帶領參賽者到舞台後方休息等候上場，到了比賽前十分鐘才見工作人員領著一名男學生進來，對方胸前正別著19號的胸針。

這人真的想參加比賽？葉軒豪盯著對方的臉，見對方臉色陰沉，不由得質疑。

比賽在早上九點正式開始，共三十一位參賽者，前半場由十五位先行上場，葉軒豪則在下半場出場。後台等候區架設了螢幕可瞧見舞台狀況，幾位參賽者過度緊張，不小心失誤。這場比賽是由參賽者從比賽單位的指定曲目中，挑選一首報名參賽，評分標準在於樂章的完整性，節奏、速度、音色控制必須符合原曲，因此只要落拍、掉音都會成為扣分的主要因素。葉軒豪盯著螢幕不禁緊張掐著雙手，心想自己為了這場比賽練習百餘次，絕對不能出錯。

前半場結束後進入中場休息時間。坐在葉軒豪身旁第21號參賽者趁休息向他搭話。

「嗨，你幾年級？」

「要升高二了。」

「那麼是同年囉。我們恰好抽到這種不上不下的位置，說起來到底算不算好？要是評審聽到一半累了，不仔細聽我們演奏怎麼辦？我這是第二次參加鋼琴比賽，竟然就是全國性的大賽，比賽曲

目還是我不熟悉的貝多芬。」

葉軒豪堆起微笑說：「那還能怎麼辦，只能照彈吧。」

他不太喜歡在比賽前和其他參賽者交談，那只會讓他分心。他決心這次必須打進前五名，不然以後就沒機會了。

「不過你更慘，分到強手後面。」21號露出鬆了一口氣的表情，臉色令人看得很不舒服。

「什麼意思？」

「你不知道遲到的19號是誰嗎？」對方壓低聲音，一臉吃驚盯著葉軒豪，但他只是搖頭。

「他可是前兩屆高中組的第一名，新聞報導說他是神童。因此他很可能在這次比賽三度蟬聯。」

「喔，這樣呀。」葉軒豪苦笑。他心想真希望中場休息時間快點結束，讓對方閉嘴。他現在最重要的是專注在比賽，不希望因任何人影響自己的表現。

休息時間結束，比賽繼續進行。葉軒豪聽著外頭的掌聲，不經意瞥向第19號的林昱澄，剛才他和21號交談時，對方也是像現在這樣面無表情，只是低頭盯著腳邊發呆。

這樣的人真的是鋼琴天才嗎？他不禁心道。

18號參賽者演奏完回到後台，工作人員看向林昱澄叫道：「19號參賽者，請出場。」

林昱澄靜默了幾秒，突地站起身拉動鐵椅，在後台發出巨響，使舞台前興起些許騷動。葉軒豪目送對方走出場外，不禁覺得這人一定是個怪咖。

葉軒豪盯著螢幕看，林昱澄走到舞台中央敬禮。

「現在出場的是第19號參賽者，現齡十八歲的林昱澄，表演曲目是〈月光奏鳴曲〉。」台上主持人朗誦完後，林昱澄恭敬地二度敬禮，態度看起來十分正常。

他走到鋼琴前深呼吸，將手放在琴鍵上。鏡頭拉進，拍攝他的手指，他的手十分修長，指尖輕觸琴鍵的瞬間，琴聲響起，聲音低沉而憂傷。

他的雙手在琴鍵上彈跳，如同著魔，那雙手不受身體控制，好似兩個獨立的個體，節奏陰鬱，隨即勾起聽眾們內心沉重不安的思緒。

「太厲害了。」21號發出驚嘆，然而其他參賽者以及台下評審和觀眾卻鴉雀無聲。

他們在林昱澄一開始演奏時便發現不對勁，因為他演奏的曲目根本不是〈月光奏鳴曲〉，而是〈給愛麗絲〉。但他的演奏方式卻和一般演奏不同，論技巧完全高出高中生的水準，音色和曲調沉鬱，濃厚的哀戚和無奈纏綿而悠長。雖說〈給愛麗絲〉本來就不算是一首歡樂的曲子，但他卻像是將〈月光奏鳴曲〉沉重的情緒渲染在樂曲中，堪稱零缺點的變調演奏。

葉軒豪瞪大眼緊盯著螢幕上的林昱澄，頓時發覺對方正一邊掉眼淚一邊演奏。

林昱澄演奏結束，在場觀眾餘韻未盡，只見他茫然起身，無神地面向群眾，雙手顫抖。工作人員低聲呼喚，他才回神，沒有敬禮便轉身離場。

主持人尷尬拍手鼓掌，掌聲這才在眾人困惑的私語聲中此起彼落。

「請下一位，20號參賽者出場。」工作人員呼喚。

葉軒豪肩膀猛力一抖，倏地起身。他感覺自己的手腳都在顫抖，耳邊隱約聽見21號用氣音幫自己加油。

他匆忙往舞台前進，恰好和林昱澄擦身而過，剎那間瞥見對方面無表情，但卻雙眼發紅。

他站在舞台中央向台下觀眾敬禮，同時注意到台下評審表情凝重，觀眾也因剛才林昱澄的演出不停交頭接耳。

「現在歡迎第20號參賽者，現齡十七歲的葉軒豪為我們帶來表演，演出曲目〈給愛麗絲〉。」

一聽見演出曲目竟然和剛才林昱澄錯彈的曲目一樣，台下又是一陣私語。

「麻煩大家安靜！」主持人大聲呼籲。

台下在主持人的叮嚀下靜默，然而葉軒豪卻無法冷靜情緒。他明白台下不會有人認真聽他演奏了。

葉軒豪面露不安，緩步走向鋼琴。他將發顫的手放在琴鍵上，西裝緊緊束住他的手臂。他本來沒那麼在意服裝，但現在各種混雜的思緒摻入腦中，讓他無法思考。台下的人發出咳嗽聲，他不禁猜想他們是不是感到不耐煩了？他趕緊甩去不安，試圖捨棄雜念，專注在演奏。

他深吸一口氣，琴鍵冰冷的溫度傳至指尖，手指過度僵硬，第一小節便慢了一拍。

前面19號高超的演奏，讓他覺得此時自己就像是個小丑。他眼角瞥向台下，想起母親的話，試著想像所有觀眾的頭都變成西瓜，然而他腦中突然一片空白，當下只想趕快結束這場鬧劇，不知不覺手指愈動愈快，在黑白鍵上飛快跳躍，完全亂了曲調，先前的練習前功盡棄。

當他發現自己腦中的樂譜已經走到結尾時，卻不記得自己是如何完成〈給愛麗絲〉，只是茫然站起身，腳不小心絆到椅子，起身時搖搖晃晃。台下沒有半點笑聲，然而卻使他感到更加恐懼，他知道所有人的目光都聚焦在自己身上。

他站在台上敬禮，未等主持人開口便慌張跑回後台。

他坐回座位，試圖忽視21號的目光，只是靜靜望著自己的鞋子。而19號林昱澄的腳卻一直出現在他的視野中。

比賽結束，評審經過一鐘頭的討論後公布結果。葉軒豪排在第二十七名，然而最關鍵的林昱澄卻不在排名上。三十一位參賽者，只有三十個名次，因為林昱澄違反規定，未演奏自己的報名曲目，故被除名。

葉軒豪盯著名單尾端被除名的那個名字，緊握拳頭。

他外婆直到過世，從未再聽見他的鋼琴聲，而在那之後，他也不曾碰過鋼琴……

♪

九月初，夏日烈陽高照，葉軒豪拉著行李箱走進大學校門內。幾位身穿志工背心的學長姊在外頭招呼。

「你是大一新生，對吧？」一位學姊親切上前詢問。

「對。」葉軒豪青澀一笑。

「知道宿舍在哪裡嗎？」

「在莊敬五舍。」

「莊五嗎？我帶你去。」學姊熱情地幫他拉行李。

「學姊，沒關係，我拉就好了。」葉軒豪慌張握住行李把手。

葉軒豪跟在學姊身後走向宿舍。老舊的宿舍外觀看來歷史久遠，曾因天花板崩塌上新聞，但比起天花板落陷，他更擔心的是學校鬧鬼的傳說。

「學弟叫什麼名字？」學姊微笑轉身看向他，並放慢腳步讓他跟上。

「葉軒豪。」

「你家在哪裡？」

「新竹。」

「新竹呀，我家在台中，小時候也常去新竹玩。你是第一次離家讀書吧？」

「是。」

「不用擔心，學校的人都很好，就是交通比較麻煩，雖然在台北，但學校四周沒想像中熱鬧。」學姊聳肩，露出不滿的表情。

「學姊是什麼系？」

「我嗎？我讀中文系。你呢？」

「我是法律系。」

「法律系可是學校前三大科系，每學期一堆學系的學生都會報考轉系，法律系也是熱門選項。」

兩人閒聊，眼看已經抵達宿舍門口，學姊微笑指著前方：「進去就是男舍了，我不能進去，你進去吧。」

「謝謝學姊。」

「我的名字叫做張亞筠，有問題的話我人會在校門口，需要幫忙隨時找我。」

葉軒豪點頭再次道謝，當他開門準備走進宿舍時，張亞筠突然又叫住他。

「軒豪，你八字有幾兩呀？」

「八字？」他疑問覆誦。

張亞筠點頭。

「好像有三兩八。」

對方聽了一手搭在下巴，安靜幾秒後，又重新堆起微笑：「三兩八應該還ＯＫ，加油！」

他目送張亞筠離開，不由得在意剛才對方的話。

「這間宿舍應該很乾淨吧。」他喃喃自語往房間前進。

♪

開學第一週，星期一下午葉軒豪拿著課表走進教室，這間教室的結構和一般教室不同，座位分層呈半圓環狀排列。系上迎新學長建議先選簡單的通識課，最好是自己拿手的科目，才好適應系上繁重的必修課。

「拿手科目嗎？」葉軒豪喃喃自語，黑板上斗大的粉筆字寫著課程名稱『古典音樂入門』，顯然是為了避免學生跑錯教室。

如果不是為了甜學分，他一點也不想選這堂課，然而對從小接觸鋼琴和古典樂的他來說再簡單不過。

「喔，軒豪，你也選這堂課嗎？」台下一名男同學朝他揮手。

「你是叫陳家……？」他望向座位區，認出對方是系上同學，但不記得全名。

「陳家帆啦。來吧，和我一起坐，我還沒見到其他熟人。」陳家帆招手催促。

他點頭示意，緩步走到對方身旁坐下。

「我在PTT選課板搜尋過了，學長姊都說這堂課非常簡單，只要期末表演就好。」陳家帆熱烈說道，「我會直笛，我想每個人小學都學過吧。沒什麼問題，表演完就有95分基本分數了。」

「期末表演？」葉軒豪皺眉。

「是呀，你不知道就選了嗎？你用直笛吹首快樂頌，不是很簡單就能過關了？」

「直笛……直笛我也許可以。」葉軒豪抓抓脖子。他已經許久沒在人前表演樂器。

「國小不是都要考直笛，不用緊張。啊，老師來了。」陳家帆瞥向講台上一位高雅的中年女士。

葉軒豪同時往下望，但目光卻聚焦在前排。第一排座位上坐著一位眼熟的男學生，而對方此時正和隔壁的女同學聊天。

那人不就是林昱澄嗎？他望著對方瞪大眼，倏地站起身。

「怎麼了？」陳家帆被他嚇了一跳，輕拍他的手臂。

「我……沒什麼。」葉軒豪回神坐下，尷尬一笑，但目光依舊注視著林昱澄。

上課鐘聲響起，老師在黑板寫下自己的名字，微笑望向台下柔聲說：「新學期歡迎各位，這堂通識課想必不少人都聽說是一堂很補的課。比起這種說法，我更希望讓大家輕鬆認識古典樂。說起古典樂，大家想到什麼？」

老師環視台下，卻沒有半個人回答。她聳肩：「大家不用怕，隨便想到什麼都可以。」

「莫札特。」

「音樂神童，很好，還有呢？」老師滿意點頭。

「音樂之父巴哈。」

「好，再來。」

「假髮。」同學說道，瞬間教室充滿笑聲。

「確實在歐洲貴族間曾經流行戴假髮，就像電影《阿瑪迪斯》所演。」老師笑出聲，「還有什麼其他的想法嗎？例如有印象的樂曲？」

「垃圾車。」

台下笑聲再次響起，唯獨葉軒豪笑不出來，他忍不住注視林昱澄的表情，可惜這角度他什麼也看不到。

「〈給愛麗絲〉的確是名曲，雖然現在環保局比較少使用了。先不提它給你們什麼印象，它據說是貝多芬生前未公開的作品，而且是獻給他的愛人，至於真相沒人知道。」老師走向講桌，拿起遙控打開投影機，「感謝大家踴躍發言，現在我想和大家討論一下古典樂的起源……」

鐘聲響起，老師宣布下課，學生紛紛起身準備前往下一堂課的教室。

「這堂課真的很補，沒有期中考，也沒有作業。」陳家帆興奮和葉軒豪交談，但對方只是心不在焉應了幾句。

葉軒豪望著台下，林昱澄正和一旁的女生聊天，一股鬱悶的氣積在心底，怎麼也排不掉。

「家帆，你先走，我看見認識的人，想找對方說話。」

「好吧，下一堂是系主任的必修，別遲到囉。」陳家帆叮嚀後離開。

葉軒豪往下走，同時思考自己要和對方說什麼話，然而這時某人突然從背後搭住他的肩。他面露狐疑轉過身，卻是一名不認識的男學生。

「軒豪，你還記得我嗎？我是謝柏文。」男學生微笑，雙手扠腰。

「你是誰？」他蹙眉。

「我們以前見過面呀，高中的時候。」謝柏文嘆了口氣，似乎很訝異對方竟然忘記自己。

「你跟我讀同間高中嗎？」葉軒豪疑問。

「不是。我是21號，你忘記了嗎？我們參加同一場鋼琴比賽。」

「21號……原來是你。」葉軒豪詫異張大嘴。

「對，那次真可惜，我感覺得出來你琴藝不差，只是太緊張了。畢竟那次比賽出現突發狀況。」謝柏文拍拍葉軒豪的肩，而他只是面無表情。

他瞭解對方指的是什麼，也記得那回比賽謝柏文拿到十三名，是他名次折半的排名。

「你還有在彈鋼琴嗎？我本來想讀音樂系，可是我媽說我的琴藝還不夠，後來再參賽名次也沒怎麼進步，但我還是很喜歡鋼琴，所以加入了校內的管弦樂社。你要不要也來參加？」謝柏文十分熱情地邀約，但葉軒豪只是低下頭。

「我已經很多年沒再碰鋼琴了。」

謝柏文呆愣半晌：「你是說真的？我以為你選這堂課是因為對音樂有興趣。」

「我只是因為這是堂甜課，所以才選。」葉軒豪苦笑。

「難怪我沒再看你參加比賽。你真的不彈鋼琴了嗎？難道是因為比賽的突發狀況？」謝柏文面露詫異。

「我不是因為那件事才不彈鋼琴，我只是……」他話說一半，突然想起林昱澄，趕緊轉頭看，但對方已經不在座位上。

「你在找誰嗎？」謝柏文問。

「沒、沒事。」他不想告訴對方自己看到誰，要是說了會讓對方對自己的話感到矛盾。

「期末表演，你會選擇鋼琴，對吧？」謝柏文又問，表情流露期待。

「我已經不彈鋼琴了。」

「為什麼不想彈？」

「不是不想彈。」葉軒豪欲言又止，嘆氣道：「我下一堂課有點遠，先走了。」

他轉身從後門離開。

葉軒豪脫離鋼琴兩年，沒想到在這一天，過去那場比賽上相遇的人們，彼此間的命運又因音符

再次相連。

下午五點，結束一天的課，葉軒豪買了便當回到宿舍。他和其他三位不同科系的大一室友同住，現在宿舍裡只有一位室友在。他見過兩位室友，但緊鄰他床位的位置還是空的。

「另一位室友還沒來嗎？」葉軒豪問。

室友拿下耳機搖頭：「今天開學應該就會出現了吧。」

葉軒豪聳肩，放下便當準備吃飯。他試圖利用填飽肚子來忘記下午通識課的衝擊。就算是甜課，那堂課已經變成他最不想上的課，然而想要高分又不能翹課，出席率太低會被扣分，修這堂課就沒意義了。

這時房門敞開，一名男學生拖著行李走進寢室。

「你們好，我和你們同寢，教育系一年級，我叫謝柏文。」

葉軒豪才正想轉身向新室友打招呼，卻沒想到來的人竟是剛才害他陷入煩惱的其中一人。

「你怎麼會在這裡？」

「我被分到這裡呀。真是太巧了，沒想到我們竟然是室友。」謝柏文面露興奮，語氣高昂。

「你們認識？」室友交互看著兩人的臉。

「沒錯，以前我們在鋼琴比賽見過面。」

「原來軒豪會鋼琴，看不出來。」室友驚呼。

「那是過去的事了，我現在不會彈。」他面露苦澀。

「這樣啊。」室友蹙眉，轉頭看向謝柏文，「我是地政系一年級，名字是蔡正杰。」

葉軒豪趁兩人聊開，暗自轉向書桌靜靜吃飯。他發現自己的手指在顫抖，就像那年青年鋼琴大賽一樣。在那場比賽後，他好些時間無法聽任何古典樂，那會讓他心悸，兩手發顫。

為什麼自己這麼軟弱？他忍不住暗自心想。

謝柏文向地政系的室友暢談自己學鋼琴的歷程，他坐在一旁不想加入他們的話題，拿起耳機轉開手機的收音機，收聽廣播播放流行樂。

林昱澄在那次比賽後，還有在彈鋼琴嗎？這問題在他心中迴盪，久久無法抹去。

然而令他煩惱的事還不只一件，晚上他洗好澡回寢室時，室友告訴他手機響了幾回。他道謝打開手機看，母親接連打了幾通電話給他。

「媽，發生什麼事？」他走出寢室外，慌張回撥。

「阿豪，學校生活還習慣嗎？」

聽見母親的聲音讓他安心不少。

「還好，遇到一些熟人。」

「熟人？是誰啊。」

「沒什麼，打來有什麼事嗎？」他搔搔頭，最後放棄談起關於兩年前的鋼琴比賽。

「其實也沒什麼大事，只是想告訴你，我跟你爸決定讓你們學習獨立，畢竟你和你姊都已經是大學生。生活費就給到下個月，上大學該學會自己安排時間，打工也是很重要的社會學習。」

「生活費？」他還沒回過神，發現對面寢室的人探頭出來，才趕緊轉身壓低聲音說話。

「宿舍費、學費都幫你們繳好了，吃飯錢等日常花費該是讓你們嘗試憑自己的能力支付，更何況你是男生，自己想辦法打工，總有辦法掙錢餵飽自己吧？」

「打工啊，我想想。」

「便利商店、學校餐廳，什麼都可以。趁年輕學習吃苦才是最重要的事。」

「嗯。」

葉軒豪已經成年，確實不好意思一直花爸媽的錢，是該學習獨立。

「你懂事就好。在學校要認真讀書，可別偷懶喔。不過要是真有問題，偷偷告訴媽，媽幫你延一兩個月。」母親最後一句話說得很小聲，顯然擔心父親聽見。

在結束通話前，他忍不住開口問：「媽，我放棄鋼琴時，妳有很生氣嗎？」

「怎麼突然想問這問題？」

「沒什麼，只是好奇。」

「沒有生氣，雖然也花了不少錢讓你上鋼琴教室，但重要的是，我希望你學得開心，這樣就好了。」

「嗯，我知道了。」他結束通話，表情複雜。

你還有在彈鋼琴嗎？當時和謝柏文重逢時，對方這麼問他，這問句像是一把鉤子懸掛在他心頭，時不時晃動。

他轉身走回寢室，謝柏文正好和他對上眼。

「你怎麼了？表情這麼沉重？」對方問。

「沒事，只是我媽打電話過來，要我開始找打工。」

「打工啊，餐廳之類的嗎？」

「我還沒想好。我沒有任何打工經驗。」他苦笑拉開椅子坐下。

「我也想找打工，如果有不錯的再報給你。」謝柏文微笑，卻不知葉軒豪真正心煩的原因。

♪

早上，葉軒豪還未睡醒，而謝柏文的鬧鈴聲已經先將他吵醒，奔放的〈命運交響曲〉在寢室裡迴盪。

哪個大學生會用命運交響曲當作自己的鬧鈴呢？葉軒豪忍不住心想。

他醒來，坐起身揉揉雙眼，謝柏文的床和他的床頭尾相鄰。

他聽著命運交響曲，對面兩名室友也爬起身望著他，示意要他把謝柏文叫醒。

寢室的床是和書桌上下相連的組合，上面是床下面是書桌，謝柏文的手機還在桌上不停奏樂。

他嘆了口氣，伸手抓向謝柏文的腳，對方吃驚坐起身，差點撞到天花板。

「抱歉，我睡太熟了。」謝柏文起身爬下床將手機的鬧鈴關掉，但他的室友們已經全醒了。

當謝柏文走出寢室外刷牙準備上第一堂課時，葉軒豪左翻右翻睡不著覺，索性下床讀書。

一旁謝柏文的手機傳來震動，似乎是簡訊。他瞥了一眼對方的書桌，發現謝柏文在書桌旁貼了

一張廣告單，上頭寫道：台北盃鋼琴音樂大賽。

謝柏文回到寢室，看見他坐在座位上，露出抱歉的表情，小聲道歉，隨後整理服裝便出門上課。

葉軒豪讀書讀到鬧鐘響，提醒他該準備上課。他關掉鬧鐘，發現母親傳了一封簡訊：「祝你有個多采多姿的大學生活。」

「多采多姿嗎？」葉軒豪低聲覆誦，腦海中卻浮現出鋼琴的黑白琴鍵。

下課時間，葉軒豪和陳家帆並肩走在校園內，此時校內各大社團在廣場擺攤招募社員。運動社團、文藝社團外，占星社、塔羅牌社這類探究神祕力量的社團也不少。

「歡迎加入劍道社。」身穿劍道服的學長在大太陽底下招攬社員。另一邊還可以看到熱舞社正在播放音樂一邊跳舞。

「軒豪，你有想加入的社團嗎？」陳家帆問。

「我沒特別的想法，我不是喜歡運動的類型，文藝社似乎也不適合我。」

「這樣啊，我想選兩個社團，一個運動類，再挑另一種類型，像是天文社或是登山社。要有一些社團經歷，對以後找工作面試會有幫助。」

「可是我們現在才大一，你已經想得那麼遠了嗎？」葉軒豪順手接過一旁發送的傳單，一下子手中傳單已經厚厚一疊。

「但是也只有大一有空閒參與社團活動，要是之後想考律師或是證照就又沒時間了。社團也是大學的必修學分呀。」

「你說的有道理。」葉軒豪低頭看向手中的傳單，漫研社、料理研究社、保齡球社、瑜伽社、吉他社……他還沒看到有興趣的社團。

此時，一旁傳來奔放的管弦樂聲，兩人不由得望向廣場中央噴水池旁演奏的樂隊。他們在無預警的情況下突然演奏，引起不少人圍觀。

「那是管弦樂社吧，他們表演的是什麼曲子？」陳家帆問。

葉軒豪看著小提琴手不停刷弦，甩動頭髮，整首曲是以小提琴手帶動曲子的節奏。他望著漸漸被人群掩埋的樂隊回答：「是莫札特的〈費加洛的婚禮〉，他們演奏的應該是序曲。」

「你真厲害，我根本分不出是什麼曲子，只覺得好像在哪裡聽過。你喜歡古典樂嗎？」

「還好，只是剛好知道這首曲。」葉軒豪刻意繞開管弦樂社。在人群間，謝柏文站在樂隊中朝他揮手，但他沒看見。

他拿了幾張有興趣的社團傳單，坐在一旁的長椅一張張翻閱，他挑出幾間社團，其中有桌遊社、手語社、攝影社和桌球社。

「桌球？你不是對運動社團沒興趣嗎？」陳家帆偷看他選了什麼，忍不住問。

「桌球是我唯一擅長的運動，姑且拿來參考。」

「你可以先去聽第一堂社課，通常前兩週會開放讓人參觀，看看社團在做什麼，最後再決定要不要加入。」

「但我之後還想找打工，要是和打工時間衝突怎麼辦？」

「所以才要先決定自己想參加的社團，最後再找打工，週末也一樣可以打工呀。」

「那你想好要參加什麼社團了嗎？」葉軒豪望向陳家帆手中的傳單，他拿了幾十張，都可以集結成冊了。

「運動類的我已經決定要去柔道社，但其他類型的我還沒想好。我想去看看圍棋社、熱音社和抓馬社。」

「這三個社團性質差異好大。」葉軒豪笑道。

「你還說我，你的選項全部沒有半點共通點。」陳家帆指向他手中的傳單。

「哪有？桌遊和桌球一樣要用到桌子呀。」

「聽你胡扯。是說剛才抓馬社社長說，今天晚上是他們的第一堂社課，我想去參觀。」陳家帆抬頭望向對方的臉。

葉軒豪雖然和陳家帆認識不過兩、三天，但這人的表情很好猜。他輕聲嘆氣：「你希望我陪你去參觀嗎？」

「抓馬社我不敢一個人去，這種表演類型的社團，自己去會怕。」

「既然不敢表演，為什麼要去抓馬社？」

「你不覺得很有意思嗎？學學做道具、寫故事，或是編曲。總之我很好奇，想去看看。你跟我一樣住宿，參加社團很方便，參觀別的社團不是也很有趣？」

「好吧，就僅此一次。」葉軒豪拗不過對方，畢竟是系上交到的第一個朋友，拒絕很沒義氣。

這時一位女學生走到他們面前，對著葉軒豪微笑：「學弟，沒想到在這裡可以見到你。」

「是系上的學妹嗎？」陳家帆問。

女學生搖頭：「我是中文系的。」

「啊，妳是跟我說宿舍有鬼的學姊。」葉軒豪大叫，突然想起一些試圖遺忘的事。

「什麼？宿舍有鬼？」陳家帆失聲道。

「放心，住了一週沒事的話，表示你住的寢室很乾淨，或是你看不到鬼而已。我叫張亞筠，你是軒豪系上的朋友嗎？」

陳家帆點頭，臉色蒼白。他們住宿根本還不滿一週。

「他叫陳家帆，和我一樣是法律系。」葉軒豪介紹。

「我和軒豪是搬宿舍那天認識的，恰好他來時我值班當志工。」張亞筠在葉軒豪身旁坐下，瞥向兩人手中的傳單，「你們在選社團嗎？」

兩人一齊點頭。

「學姊是什麼社團？」陳家帆問。

「我是鋼琴社副社長。你們會鋼琴嗎？」張亞筠問。葉軒豪發現學姊手上也拿著一疊傳單，大概是想詢問他們有沒有意願加入鋼琴社。葉軒豪見了，面有難色。

「我不會。我連Do是哪個鍵都不知道。」陳家帆苦笑。

葉軒豪沉默不答。

「我們社團也有很多人一開始不會鋼琴，只要有興趣都可以參加。」張亞筠將傳單分別塞進兩人手中，「幫我個忙拿著這兩張傳單吧，我要再去找新社員加入。」

葉軒豪盯著鋼琴社傳單，心想不只管弦樂社，鋼琴社一樣可以彈鋼琴，林昱澄會不會在鋼琴社？

「真好，我也想認識中文系的女生。」陳家帆喃喃自語打斷葉軒豪的思考。

「別告訴我鋼琴社也變成你的選擇之一。」

「鋼琴社的社課時間好多，挑一天去看看好了，如果可以讓漂亮的學姊指導該有多好。」陳家帆目光追著張亞筠逐漸遠去的身影，「你不是對古典樂有興趣嗎？鋼琴社應該會彈不少古典樂，像是蕭邦之類的。」

「我沒有說我有興趣。」

「你知道戀愛學分也是大學必修科目嗎？」

「你到底是選社團還是選女友？走吧，該吃午飯了。」葉軒豪起身往校門口走，此時噴水池旁已經看不到管弦樂社的身影。他鬆了一口氣卻瞥見林昱澄正在和張亞筠交談。

難道他真的是鋼琴社社員？在那之後，他還在彈鋼琴嗎？葉軒豪抱著疑問別過頭，一想起鋼琴、想起兩年前的比賽還有過世的外婆，他的胸口就一陣悶痛。

晚上七點，葉軒豪和陳家帆來到位於學校半山腰的藝文中心，在藝文中心四樓的木地板教室外張貼了抓馬社海報，兩人走進教室，裡面已經聚集一群學生，其中幾位社員身穿像是韻律服的緊身衣正在彎腰拉筋。

「我們來的確實是抓馬社吧？不是瑜伽社？」葉軒豪小聲問。

「大概是表演需要用到很多肢體動作，所以在暖身。」陳家帆回答。

「希望我們不必即興演出。」

當大部分來參觀的學生到齊後，社長上前開場。

「大家好，我是抓馬社社長，今天很高興大家來參觀社課，希望今天的課程可以讓大家對戲劇有更多認識，並且能勾起你們的興趣，加入我們。」

一旁社員放下音樂。

「我們來做簡單的暖身操，等一下向大家介紹戲劇的表演藝術。」

「看吧，他要我們做操了。」葉軒豪小聲向陳家帆抱怨。

一群人在社長的帶領下伸展四肢和關節。做完操後，社長繼續說：「抓馬社主要是由演員、導演、編劇、道具組等人組成，分為幕前和幕後。我們表演的方式比較接近舞台劇，無法製成道具的部分，要靠自己的想像力達成。」

社長示範，蹲身懸空做出坐姿，單腳在地，一腳交疊在著地的腳上呈現翹腳的姿勢，一手捧著隱形的咖啡，另一手滑動隱形的滑鼠。

「你們覺得我在做什麼？」社長問。頭還不忘抬起，越過隱形的電腦螢幕。

「在看股票行情一邊喝咖啡。」一位男學生回答。教室裡瞬間傳來笑聲。

「比起討論他的表演，我覺得他的腿力超好。」葉軒豪向陳家帆小聲說道。

「很好。所謂的表演藝術，就是要結合表演者還有觀眾的想像力。」社長繼續說道，「現在我們四到五人一組，換你們來表演。」

葉軒豪蹙眉。他向來不是擅長演戲的人，但在這個場合，也不好臨陣脫逃，只得入境隨俗。

社員協助分組，並隨機發下題目紙。葉軒豪和陳家帆以及其他三名學生分在同一組，五人簡單自我介紹後，隨即陷入尷尬。他們這一組的成員似乎不是那麼外放，八成不少人是和陳家帆一樣只是想湊熱鬧。

「我們分到了洗衣機。洗衣機是要表演什麼？」陳家帆起頭問。

「另一組是微波爐。」其中一名學生說。

「我猜社長是要我們表演洗衣機運轉之類的動作。」葉軒豪說。

「那我要當洗衣服的人。」女學生搶先。

這組就她一個女生，他們也不好反對。

「那還要有洗衣機和衣服。我們就當洗衣機吧。」另外兩名男學生說。

「所以就只剩下衣服的角色了。」女學生看向葉軒豪和陳家帆。

「看來就是我們了吧。」葉軒豪苦笑，覺得自己和陳家帆被擺了一道。

「但是衣服要怎麼表演？」陳家帆問。

「現在不是很流行滾筒式洗衣機嗎？放在洗衣機裡旋轉。就像廣告那樣。」兩名男學生說著，擺出一個巨大的方框，要兩人在方框內互相搭圈，原地旋轉。

葉軒豪聽了瞬間想挖地洞把自己掩埋。

「看各組都已經練習得不錯了，現在請圍成一圈，依照小組別在圓圈中心表演。」社長說著，指引大家圍成圈。

葉軒豪望向四周，確認沒有其他認識的人，勉強鬆了口氣。

第一組上台表演，總共有八組，題目差異很大，但社長似乎對家電用品情有獨鍾，除了洗衣機和微波爐，還有電扇和烤箱。

對於烤箱那組的表演，葉軒豪特別印象深刻，因為烤箱實在太過靜態，根本沒有任何一組人猜出他們在表演什麼。經過一場解放想像力和釋放羞恥心的表演課，抓馬社社課在嬉鬧中結束，社長請有興趣的人留下聯絡資料，但他和陳家帆似乎都不是這裡的料。

「你放棄抓馬社了嗎？」葉軒豪問。兩人走出社課教室，只有一部分的人和他們一樣沒有留下資料，大多數好奇的學生還是留下來了。

「這裡和我想像的不一樣，我想或許單純的文藝社團會比較適合我。」

「反正你還有很多選擇。」葉軒豪拍拍他的肩，兩人往電梯移動。

這時，葉軒豪聽見熟悉的鋼琴聲，人煙稀少的大樓內傳來琴聲，不禁讓人感到陰森。

「這時間是鋼琴社社課時間嗎？但我記得好像不是在同一層樓。」陳家帆好奇問道，說著自己開始發毛。

「我去看一下，你先回宿舍。」葉軒豪回應，腳已經不自覺踏出步伐，不理會在他身後呼喚的陳家帆。一旁抓馬社的喧囂聲變得遙遠，他耳邊只聽得到琴聲，琴聲敲響他心臟的瓣膜，呼吸隨節奏起伏。

他推開發出琴聲的琴房大門，只見一名男學生坐在漆黑的鋼琴前專注地演奏，而沒注意到他。這首曲子他再熟悉不過了，好幾個夜晚如噩夢般在他的腦海迴盪。這首曲子是貝多芬的〈給愛麗絲〉，然而聽起來卻很不一樣，一點也不像原版的曲子。他踏出步伐試圖靠向前，演奏者正是害他無法彈奏鋼琴的罪魁禍首——林昱澄。

為什麼你又選擇了〈給愛麗絲〉？他不禁心想，正想開口時，身後一隻手摀住他的嘴。他驚訝回頭，發現是張亞筠。

「噓，讓他彈完吧。」

兩人靜靜躲在門後，等林昱澄演奏完。葉軒豪盯著林昱澄，發覺自己正在冒冷汗，過去的陰影簇擁而上，使他呼吸困難。

林昱澄演奏完後，蓋上鋼琴蓋，走出琴房。

「彈完了？」張亞筠上前問。

「嗯。謝謝妳幫我借琴房。我沒有歸屬社團，很難借教室。」

「沒什麼，反正這時間會借琴房的社團也沒多少個。」張亞筠聳肩微笑，「鋼琴社又開始招新社員，你如果有意願可以加入我們。」

「抱歉，我還是沒辦法加入鋼琴社。」林昱澄面露歉疚。

「你這麼喜歡鋼琴，不加入太可惜了。還是你覺得我們社團程度不夠？」張亞筠繼續追問。

「我不是這個意思，我有個人的理由，真的無法加入，非常抱歉。」林昱澄對她點頭後轉身離去。

「你下禮拜還會來彈鋼琴吧？」張亞筠對著他的背影問。

「我會，如果妳不介意我繼續借用鋼琴社名義的話。」林昱澄轉頭對她微笑。

「你一定要再來。」張亞筠向他揮手道別，目送對方隱沒在轉角。

葉軒豪站在張亞筠身旁，但從頭到尾林昱澄都沒有注意到他。他望著對方，不自覺感到不滿。

「糗斃了，讓你看到我被甩。」張亞筠嘆氣，無奈一笑。

「被甩？他不是拒絕鋼琴社嗎？」葉軒豪說著，突然意識到張亞筠想表達的是什麼，噤聲不語。

張亞筠微笑：「現在有空讓我請你喝飲料嗎？」

葉軒豪點頭，明白張亞筠想找自己聊聊。兩人搭電梯下樓，藝文中心內的便利商店已經休息，張亞筠到外頭的飲料販賣機投幣，買了兩罐飲料，將一罐交給葉軒豪，兩人坐在外頭平台上休息。

「鋼琴社在五樓上社課，而我幫林昱澄借琴房彈琴，每次都會偷聽他演奏。林昱澄就是剛才那個男生。」

「嗯。」葉軒豪點點頭，打開飲料喝了一口。不用張亞筠說，他也知道那人是誰。

「你呢？這時間有什麼事？」張亞筠問。

「我陪朋友參觀抓馬社。」

「結果有要加入嗎？」

他搖頭。

「社團很有趣，可以認識很多不同系的人。」

「剛才那位學長有參加社團嗎？」葉軒豪問。

「他不屬於任何社團，不在管弦樂，也不是鋼琴社或任何音樂社，但他就是很完美，我沒聽過那麼獨特的愛麗絲。」張亞筠深吸一口氣。

「學姊果然是喜歡他嗎？」葉軒豪忍不住問。

張亞筠哈哈大笑：「是吧，或許是，所以才讓他用我的名字，以鋼琴社名義借教室。」

「他從以前就在彈鋼琴了嗎？」

「對，以前我還只是小社員，社課結束後要求自主練習，當時的社長是我系上學姊，因此我在社課後可以留在琴房，練習完後再歸還鑰匙。」張亞筠望著黑夜中的月亮，「某天晚上我還鑰匙時，管理員跟我說要記得鎖門，當時我傻傻的，每次還鑰匙都忘記鎖門，管理員提醒後，我隨即上樓鎖門，但卻聽見鋼琴聲。」

「當時彈鋼琴的人是林昱澄嗎？」

張亞筠點頭：「對，但我當時不曉得是活人在彈琴，聽見琴聲很害怕。走廊一片漆黑，只剩教室的燈光。我悄悄上前，就看見他坐在鋼琴前彈琴，他當時彈的就是剛才那首變調的〈給愛麗絲〉。」

為什麼又是〈給愛麗絲〉？葉軒豪心懷疑問，但沒說出口。

「他演奏完發現我在場，告訴我他晚上都會來這裡，因為我都沒有鎖門以為這間教室是開放的，後來我們達成協議，我以我的名義借他彈鋼琴，主要原因也是因為他不願意加入鋼琴社。很可惜吧？像他這樣有技巧的人卻不加入鋼琴社。我真的很喜歡聽他彈琴，甚過他這個人。」

「他知道妳喜歡他嗎？」葉軒豪面露顧忌，不曉得這麼問是否妥當。

「他不知道，怎麼可能知道呢？」張亞筠再次大笑，笑聲有些寂寞，「他的心裡只有愛麗絲而已。」

「他很喜歡〈給愛麗絲〉嗎？」葉軒豪至今還不瞭解為什麼林昱澄當初不彈〈月光奏鳴曲〉，而是選擇了〈給愛麗絲〉。

「可能已經不是單純喜歡的問題，他每次就是只想彈〈給愛麗絲〉。」張亞筠撥弄著飲料罐的拉環，表情無奈。

「為什麼他只彈那首曲子？」

「你聽過〈給愛麗絲〉的由來嗎？」

「是貝多芬生前未公開的曲子，聽說是送給他的情人。」

張亞筠點頭：「林昱澄也一樣，他彈這首曲是獻給他的愛麗絲。」

「他的愛麗絲？」

「這件事是我聽說的，林昱澄從來不談他為什麼會執著於〈給愛麗絲〉。大概只有他親密好友才知道。過去他遇上一起意外，傷害了他很重要的人，傷害了他的愛麗絲。」

「所以他的愛麗絲不在了嗎？」葉軒豪雙眼圓睜，忍不住追問。

張亞筠搖頭，露出微笑：「他的愛麗絲還活著喔。」

「他的愛麗絲是誰？」葉軒豪問。

「與其問我，為什麼你不問問他？你認識他，對吧。」張亞筠說道。

「我……妳怎麼知道？」

「我不是刻意認識你，而是你碰巧就這麼出現了。」張亞筠露出神祕的微笑，拿出手機搜尋，將手機交給對方。

葉軒豪面露狐疑，接過手機，螢幕上是一位彈奏鋼琴的女學生，字幕上寫著：高中組13號參賽者張亞筠 演奏曲目〈月光奏鳴曲〉（第八名）。

「妳參加了那場比賽？」葉軒豪吃驚望著她。

「很巧吧，他彈了你的曲目，放棄和我一樣彈奏〈月光奏鳴曲〉。」張亞筠深呼吸，「我一直很好奇，他為什麼臨時更換曲目，如果他彈了原來的〈月光奏鳴曲〉，那麼會是什麼樣的曲子，我始終在思考這件事，可是一直無法如願。」

「他拒絕彈那首曲子嗎？」

張亞筠點頭：「他每次來就只會彈〈給愛麗絲〉。我在你搬入宿舍當天，恰巧看見你，覺得你眼熟才向你搭話，後來上網搜尋才知道你也是當年的參賽者。你因為他完全亂了節奏，任誰都看得出來。你假裝不會彈琴是因為他吧？」

「我不想談這件事。謝謝妳的飲料。」葉軒豪站起身，急著想離開。

「我希望你不會被我嚇到，你難道不會對他感到好奇嗎？」

「他跟我沒關係，我甚至不認識他，他也不記得我。如果他當年沒有打亂比賽，我或許還會繼續彈琴，為什麼我需要去瞭解他？」

「如果你說的是實話，你根本不會在聽到他的琴聲時，好奇跑去觀看，甚至試圖向他搭話。」

張亞筠跟著站起身，「我想要幫他，在那場比賽後他再也沒有參加鋼琴比賽，一次都沒有，任何一場、任何比賽他都沒出現。」

「學姊想幫他跟我有什麼關係？」

「當然有關，因為他影響了你，沒有誰比你有資格告訴他振作。你幫助他才能幫助你自己。」

葉軒豪搖頭，不願意蹚渾水。

「軒豪，我想讓他參加這次台北盃音樂大賽，如果你找他一起參加，也許他就會答應你。」張亞筠在他背後大喊，但葉軒豪已經快步離去。

第二章、他的愛麗絲

葉軒豪離開藝文中心回到宿舍，三名室友都在。他回到座位上坐下，發覺謝柏文一直盯著自己看。他因為張亞筠的事煩躁，轉頭瞥了對方一眼，面露不耐煩，心想對方是不是又要提起鋼琴。

「有什麼事嗎？」

「我中午在社團招攬上有看到你。你決定好要選什麼社團了嗎？」謝柏文問。

「喔，還在考慮。還有一兩週可以選嘛。」他試圖表現自然的態度。

「記得你上次說想找打工，我從認識的學姊那裡知道一份不錯的工作，你有機車的話或許很適合你，打工地點在士林區。」謝柏文拿了一張傳單交給他。

「兒童心樂園？這是遊樂園吧。」葉軒豪疑問。

「是呀，主要是給小朋友去的。打工內容是售票員，有時候需要做一些雜事，但時薪比一般規定多二十塊，工作輕鬆。」

「那你怎麼不去做？」

「我還不會騎機車，要搭捷運太麻煩了，我們學校又沒有捷運站，也沒直達公車。」

「我是有車沒錯。」葉軒豪喃喃自語。

「如果你有興趣我可以幫你跟學姊說。一週選三個以上的打工時段，星期一除外，其他日期分上下午各一時段。星期六學姊整天都會在，你可以去看看，她會幫你安排。學姊人很好，長得又漂亮。」

「遊樂園打工聽起來挺特別。」葉軒豪盯著傳單，感到興趣。不論如何，他的確需要一份工作。

「不錯吧。」謝柏文微笑。

葉軒豪看著他，覺得先前對他太不友善。自己討厭鋼琴又不是對方的錯，不禁感到慚愧。

「謝謝你。」葉軒豪微笑，努力釋出善意。

「沒什麼。這是學姊的名字和電話。」謝柏文抄了張小紙條給他。

當天晚上葉軒豪早早就寢，躺在床上不一會兒就睡著了。

睡夢中，他坐在鋼琴前，又重回兩年前那場比賽。

他聽見台下觀眾的咳嗽聲，咳嗽聲過大，讓他感覺自己好像也被痰噎到，無法順利呼吸。表演廳的空調使他指尖發冷，他把手放在鋼琴上，但指尖像是塑化般發麻沒知覺。

台上主持人站在角落，對他招手示意。

「你快點彈。」

他不曉得是誰在催促自己。他試圖擺動手指彈奏，可是指頭卻動不了，仔細一看，每隻手指被細線纏繞，不管他怎麼掙扎，手指依舊無法移動半吋。

「快點彈，不然就換下一個。」台下評審大喊。

葉軒豪不禁慌張，他還不能下台，必須完成這場演出。他使勁將僵硬的手指放在琴鍵上，但是

手勁不夠，琴音若有似無，聲音不夠響亮。

觀眾竊竊私語，面露不耐煩。他轉過頭，每個人的頭竟變成一顆顆西瓜。他望著台下，試著繼續彈奏。當他不小心彈錯一個音，台下隨即傳來爆炸聲，一名觀眾的西瓜頭爆裂，流出紅色果肉。

「不可以再彈錯了。」他對著自己說，繼續演奏。琴鍵敲響一個個音符，織成一首節奏參差錯亂的曲子。台下十多顆西瓜接連爆裂，果肉飛濺到舞台上。

「為什麼會這樣？我練了這麼久，這麼簡單的曲子為什麼會彈錯？」他試著停手，但手卻不受控制，演奏依舊錯誤百出。

「我來彈吧。」

他聽見聲音轉過頭，看見林昱澄坐在身旁。林昱澄把他的手挪開，開始自己彈奏。

他望向台下，觀眾又變回正常的模樣，原先飛濺至舞台的果肉也消失不見，當他把手放回琴鍵上時，一瞬間台下觀眾又恢復成西瓜。

「到底發生什麼事？」他將手挪開，觀眾再次恢復正常。

「這問題只有你明白。你已經無法再彈琴了，不是嗎？」林昱澄看向他，下一秒，他的頭也變成西瓜，爆出裂痕。

葉軒豪在對方的頭爆炸前一刻驚醒。

他睜開眼，室友恰好開門離開寢室，所以他才得以脫離噩夢。他下床喝水，而謝柏文的手機鬧鈴又再次彈奏〈命運交響曲〉，就像是在呼應他剛才的噩夢。

謝柏文這次沒有賴床，早早爬下床關掉鬧鈴。

「早安。」謝柏文對他微笑。

「早。你連兩天早上第一堂都有課嗎？」他問。

「沒有，昨天早上去藝文中心借琴房練琴。」謝柏文抓了抓頭頂睡塌的頭髮。

「你好認真。」

「我只是想趁時間好好練鋼琴，就算不讀音樂系，我還是想把琴練好。」

葉軒豪微笑沒再搭腔，剛才怪誕的噩夢讓他心有餘悸。

距離上課還有一段時間，他打開電腦不知不覺輸入了林昱澄的名字，找到他高中刊登的錄取榜單，知道對方是同校企管系的學生。

除了榜單外，他找到更多的是過去鋼琴比賽的影片，在兩年前的青年盃比賽之前，林昱澄參加了很多場比賽，幾乎都是前三名，莫札特、蕭邦、李斯特、舒曼、柴可夫斯基、布拉姆斯……各個名家的曲子他都演奏過，網路上對他評價非常高，直到他在兩年前的比賽上違反規定。

對其他參加者來說，認為他很失禮，冒犯了比賽，也破壞了歷年來的規矩和秩序。然而他變調的〈給愛麗絲〉在YouTube的點播率相當高，實際上也有不少人喜歡他演奏的版本，評語清一色是令人動容的演出。

「他的愛麗絲究竟發生了什麼事？」葉軒豪喃喃自語，拿起耳機忍不住聆聽林昱澄當年的〈給愛麗絲〉。

♪

星期六下午，葉軒豪騎機車前往謝柏文介紹打工的遊樂園。他記得最後一次去遊樂園是在高中畢業旅行。當他抵達目的地時，停下車仔細一看，似乎只是間小型遊樂園，中午時刻人潮不多。

「這裡有什麼好玩？」他喃喃自語，一旁售票口的女售票員正盯著他看。

「沒好玩的你可以回去。」女售票員對他微笑，但眼神兇惡。

「抱歉，我沒有惡意，我想小朋友會很喜歡這裡。」

「對，但你已經從小朋友畢業了。」女售票員回答，「如果沒有要買票，可以回家打打網遊就好。」

「不好意思，我來應徵打工，是朋友介紹我來的。他說有認識的學姊在這裡打工。」他試著保持微笑，畢竟他真的很需要打工。

「你是來應徵的？你朋友是謝柏文嗎？」女售票員挑眉問。

「對。」

「喔，原來是你。我就是他說的學姊。」她微笑，從售票口朝他伸出手。

他們隔著售票窗口握手。他望著對方的臉，確實如謝柏文所說是位美女。學姊長相清秀，留著一頭透著褐色微光的長髮，一雙渾圓大眼，唯獨個性似乎不像謝柏文形容得那般親切。

「從側門進來吧。」學姊指向左側的門。

他聽話走進售票室。

「你今天算是實習，如果習慣就可以請經理協助你排時間，不習慣就領今天份的薪水，然後謝謝再見。」

「我知道了。」葉軒豪點頭不敢多發言。

「很好，那我教你怎麼管理收錢和賣票。」學姊依舊面帶微笑，告訴他售票順序和其他雜務的進行方式。

經過半天來的相處，他發現學姊除了不時酸他幾句外，相當細心教導，對個性少根筋的謝柏文來說，或許覺得這樣的程度就夠親切了。

「學姊和柏文一樣是教育系的學生嗎？」葉軒豪不經意問。

「怎麼？覺得我不像是學教育的嗎？」學姊蹙眉。

「沒有，只是妳似乎是很有耐心的人，所以好奇問。」他不禁苦笑，才隨口問了一句又被反問回來。

「我是教育系的學生沒錯。」

「所以將來要成為老師嗎？」

學姊點頭微笑：「我想要成為特殊教育班的老師。」

「我想妳會是個好老師。」他試著稱讚對方，博得好感。

「那也要看能不能考上學校老師。不是每個人想當老師就可以上，更何況是教導特殊生的老師，必須達到更多要求。」學姊收起笑容，表情嚴肅。

葉軒豪並不瞭解教育那方面的事，無法回應。

「別說了，你呢？想繼續做嗎？」

「我滿喜歡看爸媽帶小孩來這裡玩耍，很療癒。我想繼續在這理打工。」

「療癒嗎？從男生嘴裡聽來怪不自在，不過能早點找到願意打工的人也好，不然這些天我都得自己應付。園內的阿姨來幫忙時，臉都很臭。」學姊鼓起臉頰，模仿對方的表情。

葉軒豪看著她的臉笑出聲，售票口外幾個小孩牽著父母的手走出遊樂園準備回家。學姊朝他們揮了揮手，臉上浮現甜美的微笑。

「我是真心認為妳一定會是位好老師。」他忍不住小聲說。

學姊轉頭看向他，微笑瞬間變得寂寞。那表情使他在意。

「時間不早了，快到閉園時間，雖然說今天假日會營業到八點，但是其實五點半就不售票了，你可以整理東西，等等打室內電撥002經理就會跟你聊一下，約時間排班。」學姊將手機和筆記本收起來。

葉軒豪看她彎腰將皮包拿起準備收拾離開，忍不住開口問：「學姊平常排班的時間是哪些時段？」

「嗯？你沒有我也可以做得很好吧。我不在的時候還會有另一位女學生來打工，其他時間阿姨也會在。」

「沒什麼，我只是怕遇到那位臉臭阿姨。」他不曉得自己怎麼會問起對方的班表，沒事先想好理由，表情和語氣變得扭捏不自然。

「什麼啊，那個阿姨最喜歡年輕弟弟了，你遇到她，她還會給你機會打混。」學姊笑出聲。

「這、這樣啊。」葉軒豪苦笑，突然明白上回張亞筠說自己被甩了是怎樣的心情。

「告訴你我的班表也沒差，反正我也不想遇到阿姨。」學姊笑著拿出一支原子筆，接著握住葉軒豪的手，在他的手心上寫字。

學姊星期六整天，以及星期三、星期五下午都有排班。

他看著學姊細小可愛的字，還有握住他手腕的修長指尖，自己的心和手掌同時感到一陣癢癢的，想搔也搔不到。

「好了。」學姊對著他笑。

學姊不曉得有沒有男朋友？他不禁心想，望著對方看出神。

「啊，我朋友來了，先下班囉。」學姊說著揹起皮包，望向窗口外。

葉軒豪順著目光望去，卻看到意想不到，同時也是他最不想見的人——林昱澄正朝他們走來。

他是學姊的朋友，還是男朋友？他暗自心道，赫然想起星期一的古典樂通識課，當時林昱澄身旁的女學生，不就是學姊？

「你來了啊。」學姊呼喚。

林昱澄順手打開側門走進來。

閒雜人等都可以隨意進出這裡嗎？這傢伙有了愛麗絲還來招惹學姊。葉軒豪忍不住看著對方，面露敵意。

「你好。」林昱澄注意到葉軒豪的目光，向他打招呼。

「你好。」他點頭笑得尷尬。

「他也是我們學校的學生。」學姊介紹。

「我就讀法律系一年級，我叫葉軒豪。」他不情願，但還是擠出微笑報上名。

「法律系呀。我就讀企管系二年級，我叫林昱澄。」

葉軒豪聽了不以為意，這些情報他早知道了，然而令他不滿的是，對方聽到他的名字卻毫無反應。他因為對方被迫捨棄了鋼琴，但對方卻不痛不癢，根本不曉得自己做了什麼好事。

「很高興認識你。」林昱澄見他盯著自己沒回應，只好自己先釋出善意。

「昱澄，我們走吧。」學姊呼喚對方，聲音又細又柔，好似每個咬字都帶有情感。

葉軒豪看到討厭的對象和學姊這麼親近，心中更不是滋味。

「我們先走了。」林昱澄說著走到牆邊。

一開始葉軒豪不懂林昱澄在做什麼，為什麼需要走到牆邊。他被對方的背影擋住，不清楚狀況，然而不久他隨即明白了兩件事。

他看著林昱澄轉身彎下腰抱起坐在椅子上的學姊，將她放到剛才還靠在牆邊的一座折疊式輪椅。輪椅已經敞開，讓學姊坐下。

「走吧，茹涵。」林昱澄推輪椅離開。

「下次見。」學姊對著葉軒豪揮手。

葉軒豪呆愣住，右手如雨刷般機械式地搖晃，目送兩人離去。他發現自己已經見到林昱澄的愛麗絲了。

林昱澄推著方茹涵的輪椅，帶她前往停車場。

他先打開副駕駛座的車門，抱起她，讓她坐進車裡，還不忘小心別讓她撞到頭。方茹涵靠在他胸前，臉頰微紅。每次在這段時間，兩人總是很沉默，沉默到只聽得見彼此的心跳聲。

方茹涵坐好看著林昱澄繞過前方，打開車門坐進駕駛座。

「你其實可以不必來接我，我能自己搭公車。」方茹涵看向對方。林昱澄為了她，很早便學會開車，而這台車也是他父母替兩人準備的二手車。

「我只是剛好順便來載妳，別介意。」林昱澄繫上安全帶，發動引擎。

「你總不能一輩子這樣載我吧，又不是我的僕人，你沒義務這麼做。」方茹涵望著車窗外發呆。

「我不是因為義務才做這些事。」林昱澄嘆氣看了她一眼繼續專心開車。

「我總有一天必須靠自己，你一直花時間在我身上，怎麼有空做自己的事？你女朋友也會吃醋。」

「沒關係，我又沒女朋友。」

「但是你將來會有，如果你想當志工，可以去別的地方服務人，而不是針對我。」

「妳一定要這麼說嗎？我說過我是自願幫妳。」他把車停在路邊，轉身面向她試圖握住她的手，但她側身避開。

「我不想要你幫忙。」她搖頭，眼眶泛紅。

「我們一定每次都要像這樣吵架嗎？不能回到兩年前互相打鬧、嘻笑的時光？」林昱澄把手縮回，呆望著她。

「兩年前？你是說我這雙腿還沒廢掉的時候嗎？」她掀開裙子，露出一雙骨瘦的腳。她太久沒有走路，腿部的肌肉已經漸漸退化。

「你知道我們不可能回到過去。我已經廢了，不想要你也跟著我變成廢人。你應該去讀音樂系，甚至去國外讀專門的音樂大學，而不是浪費你的手推推輪椅而已。」

「妳一定要把話說得這麼難聽嗎？我對妳全是心甘情願。兩年前，妳告訴我祕密之前我早就猜到了，我也想告訴妳其實我……」林昱澄試圖繼續說，但方茹涵卻遮著耳朵放聲大叫。

一旁經過的路人望向車內，面露困惑。

「我一直想告訴妳，我對妳……」林昱澄解開安全帶靠近她把她的手硬是捉下來，可是卻看見她在流淚，隨即閉上嘴不說了。

「對不起，我不說就是，別哭了。」林昱澄抱住她，輕拍她的背安撫。

「我討厭你老是道歉。」方茹涵靠在他肩上不停哭泣。

「好，我不道歉。」林昱澄面帶憂色，深感心疼。

待方茹涵情緒平復後，林昱澄再次發動車載她回學校。她住在專門給特殊學生居住的宿舍。她打開車門等待林昱澄抱自己下車。

林昱澄先幫她把輪椅放好，讓她坐上輪椅。安頓好後，他想送她進宿舍，但卻被她制止。她側身握住他的手：「我今天自己進去就好。」

「妳一個人沒問題吧？」

「宿舍是自動門，不用擔心。」她微笑，轉身轉動輪子爬上斜坡，轉頭對他微笑，隨後進入門內不再回頭。

林昱澄望著她，直到她轉入轉角，看不見為止。

他回想過去。那年他騎著腳踏車載她回家，要不是他沒有注意左右來車，她也不會為了救自己而受傷，也斷送了芭蕾的生涯，使他們的友誼產生裂痕。

「我也有祕密想要告訴妳，可是現在的妳恐怕不願意聽了。」他喃喃自語。

♪

開學第二週，葉軒豪和陳家帆走進古典樂通識課的教室。謝柏文已經在教室對他招手，示意要他坐在自己身旁。經過一週的室友生活，他對謝柏文已經沒那麼反感，而對方也察覺他不喜歡討論鋼琴，不再主動提及。

他微笑拉著陳家帆在謝柏文身旁坐下，並且介紹兩人認識，但卻刻意不提自己和謝柏文認識的經過，只說是室友，而謝柏文也很識相，避而不談。

「我很喜歡鋼琴，所以選了這堂課。」謝柏文喜歡交朋友，很快便熱絡起來。

「喔，那你期末就可以表演鋼琴了，哪像我們只會吹直笛。」陳家帆拍著葉軒豪的肩大笑。

葉軒豪笑而不答，注意到謝柏文瞥向自己，顯然是疑惑他為什麼不提自己其實會演奏鋼琴。

「你會鋼琴，所以有加入鋼琴社嗎？」陳家帆不知道葉軒豪不喜歡提到鋼琴，一直延續這個話題。

「不是，我在管弦樂社。」

「管弦樂也包含鋼琴嗎？」陳家帆是外行人，對音樂不清楚。

「雖然不是每首曲都會有鋼琴，不過至少我們社團設有鋼琴的位置，社團展演計畫會有十多首包含鋼琴的曲目，我和另外兩位同學會輪流上場。」

「好可惜不是鋼琴社。鋼琴社有一位學姊很有氣質，還是中文系的。我拉軒豪參加鋼琴社，但他竟然不要，說不會看五線譜。」陳家帆埋怨。

葉軒豪只是苦笑，迴避謝柏文的眼神。此時對方正以你為什麼要說謊般的表情看向他。

「那你們參加了什麼社團？」謝柏文問。

「我啊，還沒決定好，除了已經加入的柔道社，還想挑一個社團。」

「你呢？」謝柏文望向葉軒豪。

「我還沒決定。」他搖頭。事實上在那次聽見林昱澄演奏鋼琴後，他便忘記社團的事，沒去參觀任何一個社團。

「趕快找個社團比較好，參加社團可以認識相同興趣的人。」

「嗯。」他點頭，但卻絲毫沒有動力。

「既然沒想法就去鋼琴社嘛，我可以跟你一起去，學姊說初學者也可以學。」陳家帆藉機慫恿。

「但我對鋼琴沒興趣。」葉軒豪表情不自覺緊繃。

「聽到了吧，他就是這樣子。」陳家帆露出無法理解的表情。

葉軒豪只是苦笑。他知道要是進了鋼琴社，張亞筠一定會纏著他不放，要他勸林昱澄參加鋼琴比賽。

「對了，軒豪，我還沒問你打工的事，已經決定好了嗎？遊樂園的打工。」謝柏文問。

「喔，對，我已經排好班，以後每週都會去打工。」

「遊樂園？你去哪裡的遊樂園打工啊？」陳家帆聽了露出好奇的表情。

「兒童心樂園。」

「你是說那個很像大型公園的遊樂園嗎？」

「和一般遊樂園比雖然比較小，但因為是針對小朋友的遊樂園，而且又在市區，規模當然不大。」

「那告訴我你排班的時間，我們可以去探班。」謝柏文說。

「探班？但我也只是坐在售票口，沒什麼好探班，更何況那些遊樂設施對你們來說恐怕沒那麼刺激有趣。」

「說嘛，反正好久沒去遊樂園。」陳家帆附和。

「我星期六整天、星期三下午有排班。」他回答，同時想起當時知道林昱澄和方茹涵之間特別的關係後，他還是選擇和對方一樣的時段排班。

他不曉得自己是因為對方茹涵有好感，還是因為知道這樣可以有機會見到林昱澄，所以才這麼選擇。他心底隱約對這兩年間林昱澄的生活，以及對方和方茹涵的關係感到好奇。

「啊，學姊來了。」謝柏文打斷他的思考，對著下方揮手。

葉軒豪跟著望向下排座位，只見林昱澄正推著方茹涵的輪椅走進教室。方茹涵抬頭揮手回應，但目光卻落在葉軒豪身上。

「學姊的男友看起來好眼熟。」謝柏文喃喃唸道。

「有男朋友？那已經是非攻略對象了。」陳家帆瞥了一眼，對死會的女性沒興趣。

一旁葉軒豪聽到他們的發言，表情沉了下來。

「學姊有男朋友囉？」他刻意試探，想確認情報。

「我沒問過，但那位學長常跟在學姊身旁，聽說是青梅竹馬，感情這麼好，大概就是男女朋友吧。」謝柏文聳肩。

「也對。」他苦笑嘆了口氣，心中對林昱澄的不滿又再度提升。

上課鐘聲響起，老師走進教室，三人停止交談。

「大家午安。」老師面帶微笑，高雅的姿態依舊。

「上回和大家討論過不少對古典樂的印象，今天我想和大家聊聊古典樂的應用。很多古典樂會在電影和偶像劇出現，你們可能聽過，但不知道是什麼曲子，也不知道是誰作曲。等一下我會放幾首，讓你們猜猜看曲名和作曲者。」老師說著開始操作筆電。

第一首樂曲從中途切入，先輕音緩拍後低音重彈，接著平緩連續的音階，隨之又大幅度緊促下降，劃出圓滑的弧度，節奏加快，像是兩人互相追趕。

葉軒豪馬上猜出這首是貝多芬的〈悲愴奏鳴曲〉第一樂章。這首曲太有名，一下子就被同學猜到。當時青年盃比賽也有人表演這首曲。他轉頭瞥見一旁謝柏文正在桌上彈著隱形的琴鍵，不禁皺眉。

「每首曲都有它的表情，〈悲愴奏鳴曲〉受浪漫主義影響，有人認為是是貝多芬面對早年父母過世以及罹患耳疾的心情寫照。全曲三個樂章情感悲憤而柔情，同時也傳達激昂不屈服命運的心境。現在換一首比較輕快的讓大家轉換心情。」老師播放下一首曲。

曲子開頭是快板，節奏明顯輕快許多，如野兔在樂譜上跑跳，演奏方式以小提琴為主。葉軒豪知道是韋瓦第的〈四季〉春之樂章，聽見不是鋼琴演奏，心情平靜不少。

下一首也是走輕快奔放的路線，開頭節奏馬上引起共鳴，陳家帆挺起身小聲道：「好熟悉，可是不知道是誰的曲子。」

「這是莫札特的〈第13號小夜曲〉第一樂章。」謝柏文已經舉手回答。

在莫札特之後，老師播了蕭邦〈夜曲〉，雖然兩者都叫夜曲，但蕭邦夜曲更為輕柔，更適合入眠。

「大家不要聽到睡著喔。」老師微笑。

葉軒豪想起過去他也曾用蕭邦〈夜曲〉參加比賽，這首曲節奏輕緩而圓滑，不少西方古裝劇很喜歡用這首曲當作背景。一股懷念的情感油然而生。

下一首是舒曼的〈夢幻曲〉。小提琴的主旋律在鋼琴的陪襯下，音樂十足溫柔。葉軒豪知道單純鋼琴演奏的版本，這首曲母親很喜歡，以前他練習時，也經常彈奏。他試著模仿謝柏文舞動手指，但手指卻僵硬得無法動彈，就像他的噩夢一樣。

他發現謝柏文在注意自己，趕緊將手藏在桌子下。

「接下來我要放的曲子大家一定知道。」老師播放樂曲。

樂曲響起的第一刻，葉軒豪突然雙眼發昏。前段簡短反覆的節奏，音符鼓動他的耳膜，好似鋼琴的琴槌不停敲打自己的心臟。這首曲彷彿是他的夢魘，到處都聽得到，就連夢裡也不斷糾纏他──〈給愛麗絲〉的旋律環繞整間教室。

當所有同學因這首曲發笑時，葉軒豪卻低下頭，面露痛苦。

好痛，胸口和耳朵好痛。他在心中呢喃。

他看向門外想衝出教室，然而卻聽見前方傳來急促的腳步聲。他抬起頭望向前方，卻見林昱澄的座位空了。

他知道林昱澄和自己一樣，兩年前心中也留下了沉重的陰霾。

過了十分鐘，林昱澄才回到座位上，臉色卻很不自在。

葉軒豪盯著林昱澄，同時忍不住注意方茹涵和他的互動，此時她正輕拍他的背，但林昱澄只是搖了搖頭。

──「你難道不會對他感到好奇嗎？」

他不禁在意起那晚張亞筠對自己說的話。

星期二晚上，葉軒豪再次前往藝文中心，經過四樓教室，抓馬社社課剛結束，他走到底偷看琴房，上回林昱澄就是在這裡彈琴，然而這次琴房卻沒半個人。

他走進琴房，漆黑的鋼琴就擺在角落，夜晚涼風吹進室內，窗簾鼓脹，下襬輕輕撫過琴面。反覆的節奏如幻覺般，在他的腦海中迴盪。

「你真的不彈鋼琴了嗎？」謝柏文的疑問像是從鋼琴中發出一般。

他走向鋼琴，琴蓋冰涼的溫度傳至指尖。他的指尖不禁顫抖。

他掀開琴蓋，碰觸黑白琴鍵，輕輕按下隨即發出清脆琴音。空氣瞬間凝結，四周氣流呈現固態，琴音凍結在其中。他聽不見半點聲響，只感覺胸口急促的心跳，彷彿動脈被緊緊掐住。

「你喜歡鋼琴嗎？」一道聲音劃破空氣。

他聽見話聲轉頭看，林昱澄站在門邊走向他。

「抱歉，我看門開著，所以走了進來。」

「你是在遊樂園和茹涵一起打工的學弟吧？」

葉軒豪被對方這句話激怒，一方面是生氣他直呼學姊名字，一方面是氣他對自己的記憶竟然只是遊樂園裡打工的學弟。

「你常在這裡彈琴嗎？」葉軒豪問，「我上週也看見你在這裡。」

「被你看見了？真不好意思。」林昱澄抓了抓頭，面露尷尬。

「你的鋼琴彈得很好，上回我聽到你彈了〈給愛麗絲〉，聽起來很特別。」

「很特別？可是我演奏的方式已經打壞了原曲。」

葉軒豪直盯著他的臉：「你很喜歡〈給愛麗絲〉嗎？」

林昱澄望著他，表情複雜：「與其說是喜歡，不如說我只會彈這首曲。」

「別開玩笑了。」葉軒豪反駁。他知道林昱澄明明彈過好幾首名曲，甚至許多高技巧的曲目，

他會的絕對不止這首。

「那你呢？你喜歡什麼曲？我看你的手指很長，你學過鋼琴嗎？」林昱澄不帶任何敵意，親切微笑。

「我學過，但現在已經不彈了。」葉軒豪將手自琴鍵上移開。

「真可惜。」林昱澄表情誠懇，但聽在葉軒豪耳裡卻只覺得諷刺。

「學長，可以問你一個私人的問題嗎？」

林昱澄抬頭看他，臉上依舊掛著微笑。

「你和學姊是男女朋友嗎？」他終究忍不住問。

林昱澄搖頭，寂寞一笑：「我和她只是青梅竹馬。」

隔天星期三下午，葉軒豪來到兒童心樂園打工，當他抵達時，方茹涵已經出現在售票口。

「我遲到了嗎？」葉軒豪問。

「沒有，是我早到了。」方茹涵對他微笑。

「是學長載妳來的嗎？」

她搖頭，這使他有些開心。

「你原來也修了古典音樂入門，喜歡古典樂嗎？」

葉軒豪坐下戴上員工證，小聲說：「我只是為了學分。」

「喔，我還以為你會彈鋼琴，因為你的關節看起來有點粗。如果常練鋼琴，關節容易變得粗一些。」方茹涵伸手捏了他食指的關節。

他只是微笑，沒有回應。她碰觸他手的瞬間，他指尖癢癢的，耳朵微燙。

到了下午三點遊樂園人潮變多，售票工作開始忙碌。幾對父母帶著年幼的孩子手持氣球走進遊樂園，在陽光下，卡通氣球亮面的皮閃爍光芒，笑聲和園內音樂使四周充斥著歡樂氣氛。方茹涵望著售票口外會心一笑，葉軒豪忍不住偷瞧她的側臉。

接近傍晚入園人潮漸漸減少，兩人才總算能稍稍休息。

「軒豪，你在這裡顧著，我去一下洗手間。」方茹涵移動椅子靠向牆邊的輪椅。

「學姊需要幫忙嗎？」他忍不住問。他注意到工作時間對方很少喝水，恐怕就是擔心上廁所麻煩。

「沒關係，我可以。」她微笑拉開輪椅，吃力地將身體撐起坐上輪椅。

途中她一度沒抓穩力道，差點跌下椅子。葉軒豪戰戰兢兢看著她，突然發現自己剛才的問題很沒禮貌。她這樣生活可能已經有一段時間了，他應該要相信她可以自立生活。

他坐在售票室，過了一段時間，方茹涵折返，手上拿著一顆氣球。

「這個送你。」方茹涵對他微笑。

葉軒豪接過汽球，但目光卻停留在她臉上。

「怎麼了？不會趁我不在做了什麼蠢事吧。」方茹涵歪頭問。

「沒有，只是沒想到妳回來還帶了禮物。」

「幫我扶一下椅子。」方茹涵說道。

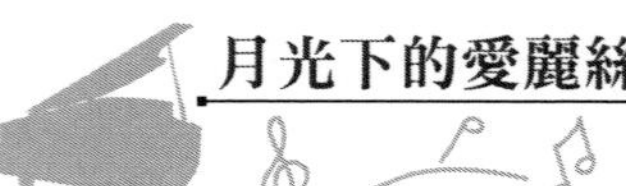

葉軒豪將椅背抓穩，方便方茹涵換到一般的椅子上。

「你一定很好奇為什麼我不直接坐輪椅吧。」方茹涵開口時，兩人身體靠得很近。葉軒豪可以聞到她身上淡淡的香味。

他望著她不曉得該說什麼，這問題他確實想過。

「上禮拜你第一次看到我，一開始大概也沒發現我哪裡不一樣。我不喜歡別人用同情的目光看我，所以我才堅持坐在這裡。」她將氣球的繩子綁在葉軒豪手腕上。

他望著氣球，氣球是一隻蝴蝶造型的卡通人物。他感覺蝴蝶輕輕將自己的手腕提起，忍不住揣想方茹涵選了這隻蝴蝶的用意。

「請給我兩張票。」兩個小女生看起來十歲左右，站在窗口盯著葉軒豪手上的氣球。

「這是妳們的票，祝妳們玩得開心。」他微笑，忽視她們的笑聲。

「妳很得意吧。」葉軒豪在女孩們離開後，轉頭看向一旁憋笑的方茹涵。他故作生氣，但內心卻無法自拔地覺得這樣的她很可愛。

「她們很開心，不好嗎？」

「好吧，其實我沒有生氣，我小時候確實喜歡氣球，而且一定要是會飛的。」他仰頭盯著氣球。

「那太好了，我的錢沒白花。造型汽球可不便宜。」

「學姊住宿舍嗎？」他問。

「是呀，我家離學校很遠，所以住宿舍。」

「我在想，既然我們打工時段一樣，我可以順便載妳回宿舍。」他目光始終望著氣球，不敢看她。

「你有車？」

「機車，我可以載妳。」他仍盯著氣球，不敢想自己是不是臉紅了，「不如週六都讓我載妳，這樣學長就不必多跑一趟。」

他一直沒聽見方茹涵回應，不由得心想該不會學姊其實喜歡讓林昱澄載回家，自己這麼做是不是多事了？

「好呀，如果你不嫌麻煩。」方茹涵對他微笑。

「真的嗎？我車上有預備的安全帽。」他興奮回答，發現自己表現得太開心。

「這樣你女朋友不會生氣吧？預備的安全帽應該是載女友用的。不是嗎？」

他沉默半晌，不敢說是為了載她才多帶了一頂安全帽。

「那是……我朋友偶爾會搭我的車，而且我沒有女朋友。」他回答，但發覺對方似乎沒有很在乎答案。

此時方茹涵正在用手機，傳訊息告訴林昱澄今天有人會載自己回宿舍。

下午六點，兩人收拾好售票室，鎖門後將鑰匙交給管理員。

方茹涵自己推著輪椅，和葉軒豪並肩往停車場走去，他本來想幫她，但顧忌她的心情而作罷。

兩人抵達他的機車旁，他思考該怎麼讓她上車。

「我想先讓妳坐上去，我把輪椅收起來放在前面。」他將氣球交給方茹涵彎腰抱起她，她雙手勾著他的脖子。他感覺到她的手溫，心臟怦怦跳，卻不敢看向對方。

或許她也像我一樣緊張。他這一想脖子都紅了。

「坐穩了。」他等她抓穩平衡後才鬆手，轉身將輪椅收好放在前方，卻又轉而困惑自己要怎麼上車。現在方茹涵正抓著把手，如果她鬆開手可能會跌下車。

「我想也許我可以直接把車騎走。」方茹涵看出他正煩惱，玩笑道。

「妳是說側坐著騎嗎？」他笑出聲。

「或許在你跨上座的時候，我可以抓住你保持平衡。」她幫他想辦法。

他點頭握住把手，而方茹涵手抓著他的腰穩住身體。

騎車時，他怕對方滑下車而將速度放慢，途中方茹涵一直抓著他的肩，讓他覺得肩膀發燙。

「學姊和上次那位學長是青梅竹馬，對吧？」他問。

「是呀，他和我是鄰居。」方茹涵回答。他試圖從後照鏡偷瞄她的臉，他沒想到他們可以靠得這麼近，但上回林昱澄也是直接將她抱起，也許這些動作不具任何意義。

「學長有女朋友嗎？」他忍不住試探，想知道方茹涵的反應。

「怎麼？你喜歡他嗎？」方茹涵笑出聲。

葉軒豪紅著臉，心想她的問題究竟是刻意開自己玩笑，還是認真的，但不管哪一種都讓他受傷。

「我只是隨口問問，因為你們看起來很要好。」

「他沒有女朋友，老是有一個需要他協助的女人在身邊轉，恐怕每個人都像你一樣以為我是他女朋友吧。」方茹涵嘆氣。

「這會讓妳困擾嗎？」

「困擾？」她重複他的問題卻不回應，「我可以請你幫我一個忙嗎？」

「妳說吧。」

「星期六上完班後，可以陪我去一個地方嗎？我不想讓他帶我去，而你正好有車可以載我。」

「當然可以。」他連地點也沒問，隨即答應。

晚風吹拂他們的臉和頭髮，方茹涵手中的氣球隨風飄舞。

♪

星期五晚上，葉軒豪躺在床上準備睡覺，他望著方茹涵送給他的氣球，氣球半垂在空中，蝴蝶身體凹陷。

「那是學姊送的？」謝柏文躺在另一頭，望著氣球。

「對。」葉軒豪收起嘴角的微笑，不想讓對方察覺自己望著氣球傻笑，然而內心一小部分卻又很想和對方聊聊方茹涵，畢竟她是他們共同認識的人。

「沒想到學姊會送你氣球。氣球很像是安撫小朋友的玩具。」

葉軒豪蹙眉，也許學姊真的把自己當弟弟看。

「你知道她為什麼不能走路嗎？」

「你是問她為什麼坐輪椅？好像是她高中時遇到車禍，但我也不好問，只是聽班上同學說的。」

葉軒豪沒再回話。他突然發覺自己的問題過於冒昧，但他只是想知道多一點關於她的事，至少讓他瞭解更多林昱澄也知道的她。

究竟他的愛麗絲——方茹涵和他有什麼關係？葉軒豪心想。

「我知道學姊喜歡的作曲家是誰，我跟她聊過古典樂。」謝柏文躺在床上低聲說，「她說她最喜歡的作曲家是貝多芬。貝多芬生前有很多情人，到現在還是吸引不少女粉絲吧。」

或許在方茹涵心中，林昱澄就是她的貝多芬，而她是他的愛麗絲。

第三章、失去鋼琴的貝多芬

星期六葉軒豪從遊樂園下班，這天他做好了準備，帶了繩索固定好輪椅，載著方茹涵離開。

「妳希望我帶妳去哪裡？」葉軒豪問，實際上他更想知道是什麼地方讓方茹涵不想由林昱澄帶她去。

「你聽我指示，我告訴你該怎麼走。」方茹涵靠在他肩上。她靠得很近，他開心對方親近自己的同時，卻又擔心這只是因為學姊把他當弟弟看。

「昨天學姊也有來打工吧。學長有載妳回家嗎？」他又問。

「我跟他說不必載我，但他還是來了。」

她嘆了口氣，微溫的氣息吹過他耳邊，讓他心底癢癢的。他心想林昱澄會不會生氣自己搶了載方茹涵回家的機會。

「到了。」方茹涵說道。

過了將近二十分鐘，兩人抵達一間醫院。

葉軒豪望著醫院招牌面露困惑，不明白為什麼方茹涵不願意讓林昱澄帶她來。

他停好車，抱方茹涵下車。

「麻煩你推我到醫院三樓，我已經和醫生約好診了。」方茹涵說。

她從沒要求他協助自己移動，但這次似乎是例外。

兩人搭電梯抵達三樓，這裡有不少人坐輪椅或拄拐杖。葉軒豪往上看，這層樓懸掛的招牌上寫著骨科和神經科。

「不好意思，麻煩你幫我到神經科掛號。」方茹涵收起平時喜歡酸人的個性，突然變得像小羊般乖巧，將健保卡和掛號費交給他。

葉軒豪對這樣的她感到不習慣。他到櫃檯替她掛號，辦完手續後，瞧見她眼神瞥向一旁左腳包上石膏的少年，對方和她不同，坐輪椅可能只是暫時的過渡期。

「謝謝你。」

當葉軒豪走到她身旁坐下時，她這麼說。

「沒什麼，我很樂意幫妳。」

「這裡櫃台太高，而我不想對著櫃台大喊，請他們從櫃台後方出來特地為我服務。」她低下頭盯著自己的鞋子。

她來到醫院後情緒的變化令他感到難受。他知道她的自尊心受挫了，所以聲音變得又細又柔。等候門診的時間他們沒有交談。他心想難道學姊是不希望讓林昱澄看見自己垂頭喪氣的一面，所以才找他幫忙嗎？又或者學姊寧願將這一面讓他看見？但依照他們不過認識兩週的時間長度來判斷，他理智認定是前者。

果然在她心中，林昱澄是重要的存在。

護理師叫號輪到方茹涵接受門診，她讓他推著自己進入門診室。

「茹涵，好久不見，今天不是昱澄陪妳來嗎？」醫生望向站在後方的葉軒豪。

「對，今天是學弟陪我。」她微笑回答。

「那麼可以請你協助抱她坐上這裡嗎？」醫生拍拍前方的椅子。

他點頭彎下腰把她抱上去。

方茹涵移動身體，只坐在椅子前半端，又細又白的雙腳懸空而下。

「我們來檢查一下妳的腳板，試著讓妳的腳板往上抬起。」醫生站在側邊觀察。

方茹涵蹙眉低下頭，左右兩腳腳板輕微前後擺動，但卻無法如正常人般順利將腳板向上翹起。

醫生蹙眉按下診療椅的按鈕，讓方茹涵躺平。

「你可以背對我嗎？」方茹涵轉頭對著葉軒豪說。

他聽話轉身，同時明白有些事她不想讓他知道。他只能聽見他們的對話。

「妳有好好按摩妳的腳嗎？」醫生問。

「睡前有。」

「茹涵，我不想這麼說，但如果妳還希望自己有機會站起來，妳要更加努力，不只睡前，睡醒也要按摩妳的腳，還有復健。妳有好好去復健科報到嗎？」

「有。」她的聲音聽起來很心虛。

「可是我看妳的就診資料，妳已經三個多月沒有復健。說實話，我真的很擔心妳。神經和肌肉息息相關，如果不復健鍛鍊肌力，妳的神經就算修復了，雙腳也無法正常站立和行走。」

「就算站起來能怎樣？我還是無法像正常人一樣，它們已經不是我原來的腳了，已經不聽我的使喚。」

「我知道復原的路很辛苦，可是如果妳不努力，妳的腳只會退化得更厲害，這會害妳一直被束縛，妳難道想要一輩子被困在椅子上嗎？很多人沒機會再站起來，可是妳有。別浪費了。」醫生苦口婆心地勸說。

「我明白，找時間我會再去復健科。」她的聲音聽起來漫不經心，像是隨意搪塞。

「好了，學弟，你可以抱她下來了。」醫生嘆氣道。

他轉過身面向方茹涵，發現她正在拉裙子。他知道她不想讓他看見自己滿布疤痕的腿。就算他不知道事情的來龍去脈，但從醫生的話，他也能猜到方茹涵不是從小就坐著輪椅。

他推她走出門診室，兩人走進電梯裡。她沒說話，而他盯著樓層表，看到二樓復健科的字樣。

他推她走出電梯外時，忍不住問：「學姊，我們不順便去復健科嗎？」

「今天晚了，下次再來。」方茹涵低聲回應。

「那我們先去掛號，下週六我再帶妳來。」

「不用了。我自己會來。」她的語調變得生硬。

從剛才學姊和醫生的對話，葉軒豪知道她根本不會來。

他走到她面前半蹲，和她視線平行：「學姊為什麼不願意復健？」

「我不想那樣歪歪曲曲地走路，很痛，而且很難看。」

「沒有復健，妳怎麼會知道好不好看？能夠恢復雙腳走路，不是更好嗎？」

「那是你認為好。不管怎麼復健，我的腳又不可能恢復到過去那樣。」方茹涵面露委屈。

「能夠靠自己行動難道不重要嗎？不復健，當妳的腳退化了，妳一定會後悔。」

「我人生後悔的事不差這一件。我的腳不能再回到過去那樣，復健一點意義也沒有。」方茹涵歇斯底里地大吼，四周的人都在看她。她難為情地轉動輪椅往門口前進。

「妳要去哪裡？」葉軒豪問。好不容易可以得到學姊的信任，然而他卻激怒她，不禁懊惱。

「我要回家，你別管我。」方茹涵拋下他，逕自移動到馬路旁，左右兩邊幾輛計程車停在路邊，其中一位司機下車看著她。

她遲疑向後退。

「需要幫忙嗎？」司機問。

她隨即搖了搖頭，在他人眼中，她就是個需要人幫助的存在，這讓她很受傷。她一轉身，看見葉軒豪手足無措站在原地。

葉軒豪盯著她，緩步靠向前。她抓住他的手，哭出聲。身後計程車司機面露困惑，而葉軒豪只是向對方點頭致謝。

「我已經不能回到過去了，每天醒來就像是一場噩夢。我的腳不聽使喚，我已經不是正常人了。」她喃喃自語，「我無法跑步、無法再跳舞了。你不會明白這有多可怕，你不會懂。要是我站起來了，卻發現終究無法像以前一樣跳舞，我該怎麼面對自己？」

她抓住他的衣襬哭泣，而他彎下腰，抱住她的肩。

她哭了半小時心情才平復，小聲說：「可以麻煩你載我回去嗎？」

「好。」

一路上，方茹涵很安靜，而葉軒豪也不知道該跟她說什麼，只聽見她不時吸鼻子的聲音。

抵達宿舍門口，他抱她下車，彎腰放她坐上輪椅，準備起身前望著她說：「如果妳有需要我都會幫妳，希望妳不會因為今天的事而拒絕讓我協助妳。」

方茹涵蹙眉看著他。

「我不是同情妳，絕對不是。」他趕緊站起身。昏黃的燈光下，看不出他雙頰發紅。

「謝謝你。」方茹涵自行轉動輪椅沿著斜坡進入宿舍。

葉軒豪呆望著方茹涵，擔心自己說錯話會讓學姊不想再理會自己。

葉軒豪返回寢室後，一直思考著神經科醫生對方茹涵說過的話。他覺得不管什麼原因，都必須讓她繼續復健。

林昱澄難道都不擔心她嗎？她根本沒有在復健了。葉軒豪暗自抱怨。他想要知道更多關於方茹涵的事，想要幫助她恢復自信。最後他查了電話，打到方茹涵就診的神經科。

電話響了幾聲後接起。

「您好，這裡是神經科。」接電話的似乎是護理師。

「不好意思，我想找蔡醫生。」

「現在蔡醫生在看診，還是您要留下電話，我請醫生回撥。」

他告知電話後，經過十多分鐘就接到蔡醫生的回電。

「您剛才有打來吧？請問有什麼事嗎？」醫生問。

「我是前些時間陪方茹涵看診的學弟，我可以向您請教關於學姊的狀況嗎？」

醫生嘆氣：「你是想問關於復健的事吧。」

「對。」

「兩年前就在她高二暑假前夕，她出了車禍，一開始都有好好復健，大家也被她積極的態度渲染，加上復原情況良好，相信她可以恢復站立，但過了兩個多月，她突然在復健時大哭，吵著說不復健了。接著開始逃避復健，家人逼她復健，她就會大吵大鬧，連家人也管不動她，最後就像你現在看到的。好不容易修復的神經，就怕會因為肌肉萎縮退化，而無法正常運作。」

「為什麼她會突然不想復健？不是已經復健了兩個多月？」

「情況很複雜，當時她復健狀態算是順利，可是進入暑假不久，有一天她突然自暴自棄。沒人知道原因為何。」

「暑假？」葉軒豪喃喃複誦。兩年前的暑假，不就是青年盃鋼琴賽的時候嗎？

「她因為受傷打擊很大吧。她以前曾經是學芭蕾的，也曾拿過不少獎項，復健對她的心理壓力不可小覷。」

她是跳芭蕾舞的？葉軒豪想起學姊確實提到了跳舞，慌張又問：「如果復健成功，她還可以跳芭蕾嗎？」

「這很難說。畢竟車禍傷得很重，每個人復原的情況不一樣，所以很難給你任何保證。但可以確定的是，她再不復健，連雙腳最基本的功能都會喪失。你如果關心她，請務必讓她繼續復健。」

「我知道了，謝謝。」

葉軒豪結束通話，面露沉重。

♪

隔週古典樂通識課，葉軒豪坐在座位上盯著教室前方的方茹涵，對方正和林昱澄交談，兩人有說有笑。葉軒豪望著兩人，不由得心想林昱澄為什麼都不關心方茹涵的狀況？他們不是青梅竹馬嗎？

林昱澄當年比賽上做出異常的舉動，以及方茹涵放棄復健，兩者之間是不是有什麼關聯？

他想起在網路上搜尋到的影片，那是當年方茹涵參加的最後一場芭蕾比賽，她隨著音樂翩翩起舞，那時她看起來比現在更青澀，雙腳柔軟地抬起、跳躍，動作和曲線柔美，像極魚缸裡優游的金魚。他重複看了影片幾十回，試圖理解她的想法和痛苦，直到她的影像燒灼在眼底。

他盯著她的側臉，想像她再次起身跳舞的模樣。

「可以確定的是，她再不復健，連雙腳最基本的功能都會喪失。」醫生的話打破他的想像。

我該怎麼做才能讓她恢復希望，繼續復健？他想著，將目光轉移到林昱澄身上。

「我想要幫他，在那場比賽後他再也沒有參加鋼琴比賽，一次都沒有，任何一場、任何比賽他都沒出現。」當時張亞筠這麼說。

方茹涵受傷、停止復健，而林昱澄比賽失常、停止參賽，兩人之間發生的問題，只有他們知道。如果要拯救她，林昱澄就是關鍵。

隔天晚上，葉軒豪再次來到藝文中心四樓的琴房，才剛抵達門口，就聽見鋼琴聲傳來。

他聽著林昱澄重複彈奏〈給愛麗絲〉，心想每個音符和旋律是那麼熟悉，然而同時卻很陌生，也許自己一輩子也彈不出這樣的曲子。

輕柔的琴聲伴隨著一股強烈的憂愁，旋律緊緊揪住他的心和脈搏，曲調的起伏像在弔念逝去的過往。林昱澄指尖快速但柔軟、溫和地撫過琴鍵。

葉軒豪回憶影片裡方茹涵輕盈的步伐，她的身影和黑白琴鍵融合，就像用雙腳彈奏出憂傷的弦律。

他不忍再回想，移動腳步走進教室，林昱澄注意到他微笑抬起頭，雙手停止演奏。

「又遇到你了。我聽茹涵說，是你陪她去醫院。謝謝你幫她，不過如果機車不方便，還是由我來載她吧，這樣也比較安全。」林昱澄站起身說。

「你這麼關心她，為什麼從不要求她去復健？醫生說她再不復健，總有一天會無法走路。」

「我不知道這件事……」林昱澄愣了幾秒才回答。

「當你在這裡彈鋼琴時，她的腳一直在退化，這你大概也不知道吧。你不是她的青梅竹馬嗎？你不知道誰該知道？」

「抱歉。」林昱澄低下頭，表情複雜。

「她發生車禍、停止復健，究竟跟你有沒有關係？醫生說，兩年前的暑假，她開始變得消極、想要放棄復健，那時間恰好就是青年盃鋼琴賽的時候，這件事你沒有半點眉目嗎？」葉軒豪抑制不了自己的憤怒，繼續質問。

「我……」林昱澄一臉茫然望著他。

「她可能再也無法跳舞，甚至無法走路了，而你只是眼睜睜站在一旁旁觀嗎？」

林昱澄張口欲言，然而此時卻有人插入兩人的對話。

「別說了！你不知情，就不要隨便問。」

兩人望向門口，只見張亞筠出現在琴房前。

「你過來。」張亞筠走向前抓住葉軒豪的手往外走。

葉軒豪被她拉向走廊底端的電梯裡。她表情氣憤，肩膀上下起伏。

「你真是個白癡。」張亞筠轉頭瞪向他。

「我怎麼了？」他面露疑惑。

「你們爭執的內容我全聽見了。」張亞筠雙臂交抱，「我知道你擔心方茹涵，但是你也要想想林昱澄的心情。」

「為什麼我需要顧慮他？」葉軒豪別過臉，心想害自己對鋼琴產生恐懼的人不正是林昱澄，憑什麼需要替對方擔心？

「方茹涵之所以無法走路，是因為兩年前她為了保護林昱澄，因此代替對方被車撞傷，雙腳受了嚴重創傷。你有沒有想過為什麼方茹涵會突然要一個認識不過幾天的學弟帶自己去醫院，而不是請青梅竹馬的林昱澄載她去呢？」

「那是因為、因為……」葉軒豪回答不出來。他從沒思考這個問題。

「答案絕對不是因為她對你有好感，而是因為她不想再讓林昱澄承受她受傷的責任，不想再讓他被罪惡感折磨了。」張亞筠走出電梯外。

他面露慚愧跟在她身後，踏出藝文中心，來到外頭的木造平台。

張亞筠仰頭望向四樓，琴房的燈依舊亮著，但卻聽不見琴聲。

「我這麼說或許你聽了會覺得刺耳，但方茹涵受傷不是林昱澄的錯，那是她的選擇。」她輕聲說。

「那她放棄復健又是怎麼一回事？」葉軒豪問。

張亞筠只是搖頭，這件事她也不知道。

「你如果這麼在意她，為什麼不自己想辦法讓她繼續復健？」

「我嗎？」他喃喃自語。

一個認識不過幾天的學弟要怎麼讓她恢復自信？他暗自心想，而腦海中的方茹涵仍在無聲的樂曲中，旋轉著。

在張亞筠帶著葉軒豪離開後，林昱澄拿出手機打給方茹涵。

電話響了幾聲才接通。

「妳今天也去復健了？」

「對，學弟帶我去了，剛才回來。」方茹涵語氣平靜。

「妳說的學弟，是指和妳一起在遊樂園打工的那位嗎？」

「是呀，怎麼了？」

林昱澄深呼吸後問：「其實妳根本沒有去復健吧？」

「為什麼這麼說？」

他注意到對方的呼吸聲停了幾秒。

「因為我剛才見到妳說的那位學弟了。為什麼要騙我？」他閉上眼睛，將鋼琴蓋闔上。

♪

星期三下午是平日遊樂園人潮較多的日子，葉軒豪抵達售票室，裡頭坐著一位中年阿姨，阿姨板著臉看他。

「妳好。」他第一次見到那位傳說中的阿姨。

阿姨見到他來馬上起身讓位。

「另一位妹妹還沒來喔？」阿姨用台語問。

「我不是很清楚。」

「你們不是同學嗎？沒她的電話？」

他搖頭。

「她很少遲到，今天是怎麼了？」阿姨碎唸，隨即離開。

葉軒豪聽見阿姨這麼說，不由得緊張。他一邊顧售票室，一邊遠眺前方。不久，他看見方茹涵在人群間吃力地推著兩輪前進。

「抱歉，請稍等我一下。」他對著排隊的學生道歉，隨即衝出售票室外跑向方茹涵，推著她前進。

「你不能讓售票室空著。」方茹涵轉頭看他，但她此時渾身是汗，臉色蒼白。

「一下子沒關係。」他輕拍她的肩。

葉軒豪推著她進入售票室，排隊的人盯著她看，讓她很不自在。他固定好輪椅，將她抱起放在椅子上。他現在已經拿到訣竅，知道要怎麼抱才能讓她保持平衡。

「好了，開始工作吧。」他微笑，露出一貫正常的表情。

方茹涵瞥了他一眼，擠出微笑試圖保持平靜的心情。

等到售票口前沒人排隊時，他開口問：「妳今天發生什麼事？」

「我搭公車花了點時間，因為要等比較方便的公車。」她抽了張衛生紙擦汗。

葉軒豪明白她的意思，有些公車會專門設有輪椅的位置和斜坡，如果是一般的公車則沒有太多空間給她。

「平常妳都是自己搭車來嗎？」

「之前昱澄的爸媽叫他載我來，但我這次拒絕了。」她嘆了口氣。

「學姊和他感情很好？」

「我們從幼稚園就認識了，是十幾年的朋友。」

葉軒豪不禁心想兩年前方茹涵奮勇救了林昱澄，不就是兩人感情好最明顯的證據嗎？問這問題根本自討沒趣。

「既然是青梅竹馬，讓他載妳有什麼不好？」

「再怎麼感情好我也不能一輩子靠他吧。他也有自己的生活。」方茹涵對他微笑，「我必須向他證明我可以獨立。」

「妳不想讓他擔心，那就該乖乖復健。」

「是你告訴他我沒去復健吧？」方茹涵的表情一瞬間變得嚴肅。

「我是因為……」他回答不出理由。

「我很感謝你陪我去醫院，但我的事與你無關。」方茹涵轉向正面，不再理他。

慘了，我惹她生氣了。他不禁懊惱。

下班時間，葉軒豪一邊偷窺她，一邊收拾售票室。

「怎麼了？」她望向他。

「今天還是讓我載妳回去吧。」

「就算我在生你的氣，你也要載我嗎？」方茹涵挑眉看他。

「因為我們同條路，既然我有車，為什麼不載？」

「好吧，那今天也麻煩你了。」她總算恢復開朗的表情。

葉軒豪望著她，不禁心想在過去她還能跳舞時，當時的她個性和現在有什麼不同？

回學校的路上，方茹涵開口問：「你和柏文是室友吧，他很喜歡鋼琴。」

「對，根本到了鋼琴宅的地步，以前第一次見到他，我沒想過他會維持這麼久。」

「你跟他認識很久了？」

葉軒豪遲疑，不曉得該不該告訴方茹涵兩年前自己也曾參加過青年盃鋼琴賽，那就等於承認自己認識林昱澄。而他也不想讓別人知道自己『曾經』會鋼琴。

「以前高中見過他。」他簡單帶過。

「你們唸同一所高中嗎？」

「不是，只是學校活動恰好認識。」

「那還真是湊巧，竟然讀同間大學，又是室友。也許你們註定成為朋友。」

葉軒豪苦笑，比起謝柏文，再次遇到林昱澄才讓他感到詫異。

「我聽他說妳也喜歡鋼琴，而且妳喜歡貝多芬。」葉軒豪回應。

「我的腳廢了之後必須找點新的樂趣，但我太晚學了，手勢不標準。」

「那林昱澄有教妳嗎？」他問道，內心吃味。

「你怎麼知道他會鋼琴？」方茹涵面露遲疑。

他們此時正在等紅燈轉綠，他從後照鏡瞥見她的表情。他想不到更好的理由只好說實話：「他每個星期二晚上會在藝文中心的琴房裡彈鋼琴。」

「鋼琴……」方茹涵喃喃自語。

綠燈亮起，葉軒豪無法再盯著她看，不知這時她臉上是什麼表情。

當風順著他的耳邊滑過時，他聽見她輕聲問：「軒豪，你可以再幫我一個忙嗎？」

♪

微風自藝文中心的窗邊陣陣襲來，空氣中帶著濕熱的氣息，窗簾摩搓發出細碎聲響。

林昱澄坐在鋼琴前，細長的手指在琴鍵上游移。他閉上眼，仔細聆聽音符在耳邊流動、穿梭。在音樂聲中，他才能忘記腦海中車子的緊急煞車聲，以及方茹涵的痛苦哀號。

——「我已經無法再跳舞了，再也無法。」「我要不要復健是我的事，拜託你不要再管我了！」

他用力壓下琴鍵，琴槌使勁敲擊發出刺耳的聲響，將鋼琴內部的琴弦壓到緊繃，彷彿就要應聲斷裂，而他的精神也已經到了極限。

「對不起。」他趴在鋼琴上喃喃自語。

「你為什麼不告訴我，你其實還喜歡鋼琴？」

林昱澄聽見方茹涵的聲音，轉頭看，發現門口葉軒豪正揹著她。

「你放棄比賽還有鋼琴都是我害你的嗎？」方茹涵又問。

「不是因為妳。」林昱澄望著她看，表情誠懇。

「那你為什麼放棄比賽？如果是因為我不能再跳芭蕾，所以讓你放棄鋼琴，這樣我只會更難過。我喜歡你的鋼琴，非常喜歡。為什麼要讓我背負你的未來？我不希望你放棄夢想，為了我，拜託你繼續彈琴。」方茹涵雙頰流淚。

「茹涵，我也很想，可是我無法再參加任何比賽或是表演。」林昱澄搖頭。

「那你剛剛彈的是什麼？你不就是喜歡鋼琴，所以才會每個禮拜來這裡嗎？」

林昱澄的手撫過琴鍵上留下的淚痕，隨後緩緩抬頭看著方茹涵：「我沒有要隱瞞妳，真的沒有，只是我現在對彈琴有困難。」

「我感覺不到你有什麼困難？如果你不想瞞我，那為什麼不告訴我你每週在這裡偷偷彈琴？」

林昱澄沒再回話。

方茹涵望著他，卻遲遲等不到答案。

「算了，我想你也找不到藉口。」方茹涵別過頭，躲在葉軒豪背後，在他耳邊輕聲說：「請你快點帶我離開這裡。拜託。」

葉軒豪揹著方茹涵走進電梯，他本以為林昱澄會追上前，但是沒有。

「想哭就哭吧，我不會笑妳。」他聽見方茹涵不停吸鼻子，低聲說道。

方茹涵抱住他的肩，發出微弱的啜泣聲。

葉軒豪揹著她到大廳，這時間一些學生正結束社課準備回家。方茹涵不想被人注意，用葉軒豪的肩擋住自己的臉。

「把我放到那裡的椅子上。」她小聲說。葉軒豪聽話照做。

「對不起，揹我很重吧，還是從山下揹上來。」她微笑，裝作沒哭的模樣。

「明明知道來這裡會哭，還是要來嗎？」葉軒豪嘆氣。

「我只是想再看他彈鋼琴，是我察覺得太慢，他以前那麼喜歡鋼琴，怎麼可能突然沒興趣？或許我沒有自己想像得那麼寬宏大量，可以看著他實現自己的理想，而我只能困在椅子上。你看現在我的樣子，大概也想像不到我以前是跳芭蕾的吧。」她低頭看著自己的腳，「也許他也看穿了我醜陋的一面，不想傷害我，所以只好放棄音樂。」

「我不這麼認為，看過他兩年前比賽上演奏的人都知道，當他在彈奏〈給愛麗絲〉時，他正努力向某個人傳達心意。現在想起來，他或許是為了妳彈琴。」

「那你說他為什麼要隱瞞我彈琴，還放棄比賽？我從來沒這麼要求他。」方茹涵搖了搖頭。

「妳不也是瞞著他放棄復健？」

「我和他情況不同，不能相提並論。更何況，你向林昱澄打小報告的事我還沒找你算帳呢。」

「我是因為……」他找不到理由，只是傻笑。

「算了，麻煩你帶我回宿舍。」方茹涵收起銳氣，小聲說道。

葉軒豪發覺她現在對自己的態度變得柔和不少，不禁感到雀躍。

他揹她沿著斜坡往下走，晚上校內公車沒開，她無法上山，所以才會要求自己幫忙。路上沒半個人，就只有他們，這使他的心臟跳得特別快。

「軒豪，我想你大概從他那裡知道了，我拿你當藉口，說是很久以前就認識的弟弟陪我去復健。」

葉軒豪安靜沒回話，實際上他不知道這件事。

方茹涵沒注意到他的異狀，繼續說：「我希望你不會覺得我在利用你，我會找你幫忙是因為覺得你可以信任。你有聽見我說話嗎？」

「喔，有。」他簡短回應，掩飾內心浮躁的心情，剛才方茹涵那番話讓他一喜一憂，開心在方茹涵心中，自己的地位有些特別，另一方面卻憂愁林昱澄並非刻意不關心方茹涵，而是不知情。他一直以為自己才會是對方茹涵最好的人，然而現在這個想法卻開始動搖。

他靜靜揹著方茹涵到山下，將她放在擱置於行政大樓騎樓的輪椅上，推著她返回宿舍。

「送我到這裡就可以了。」方茹涵在兩人抵達宿舍門前時說道。

「嗯，妳回去早點休息吧。」葉軒豪轉身要離開時，方茹涵突然又拉住他的袖子，他驚訝轉過身。

「我想起有件事沒問你。」方茹涵望著他，「你剛才提到的比賽，是林昱澄參加的最後一場比賽，對吧？為什麼你會在場？」

方茹涵和葉軒豪道別後，回到房間。

「茹涵，妳回來了？」她的室友正洗好澡在吹頭髮。

「對。」她微笑回應。

「最近常看到妳和某個男生走很近，那是妳男朋友嗎？」室友問。

「不是，只是一起打工的學弟。」她否認，移動到書桌前。她和其他室友不同，只有她把宿舍附設的椅子放在牆邊，以輪椅替代，她不喜歡以和別人相異的方式生活，然而卻別無選擇。當她剛搬進宿舍時，室友擔心她不方便，特別將下鋪的床位讓給她，她感激她們的貼心，但卻不得不因此

埋怨自己的雙腳。

她拋開負面想法，打開電腦，在搜尋引擎輸入青年盃鋼琴賽的關鍵字，搜尋到當年的參賽者名單。

「他果然也參加比賽了。」她盯著葉軒豪的名字喃喃自語，然而當她看到對方報名的曲目時，瞬間不知該如何反應。

〈給愛麗絲〉，當年葉軒豪的比賽用曲，同時也是林昱澄違反規定彈奏的曲子。葉軒豪在林昱澄之後上場，比賽現場騷亂不止的當下，彈奏了同一首曲目，影片中除了他亂了章法的琴聲外，台下紛雜的細語聲也錄了進來。

影片中葉軒豪拱起雙肩，低頭雙臂僵硬，表情慌張。方茹涵望著這樣的他，不禁感到心疼。

「我只是恰巧經過比賽現場，所以聽到他的演奏。」當她向葉軒豪問起過去時，對方是這麼回答，然而參賽名單洩漏了他的謊言。

方茹涵瞬間領悟，為什麼葉軒豪不承認自己早就認識林昱澄的原因了。

♪

星期三下午，遊樂園內傳來熱鬧的歡笑聲，方茹涵坐在售票室裡，將票交給窗口前排隊的小學生。她望向上方的時鐘，已經超過下午時段的上班時間，但是葉軒豪還沒來。

「這小子竟然遲到。」她喃喃低語，想打電話給他，卻想起自己根本沒他的手機號碼。

當她思考是否該打電話給謝柏文要電話時，突然售票室的大門打開，抬頭看葉軒豪渾身是汗地走進售票室。

「你知道自己遲到了幾分鐘嗎？」

「抱歉，剛才路上塞車。」葉軒豪面露心虛坐下。

「塞車？早點來就沒事了，我剛才路上都沒塞車。」方茹涵抽了幾張面紙給他。

葉軒豪沒多說什麼，只是點頭道謝。他無法告訴對方自己遲到的真正原因，他原本很早就準備出門了，但卻繞到學校前門的公車站，心想經過昨天的事，方茹涵應該不會再讓林昱澄載她來遊樂園打工，然而等了許久卻見方茹涵坐在林昱澄的車裡從自己面前經過。

方茹涵趁著售票口前沒人排隊，望向葉軒豪喊了他的名字，但對方卻一臉心不在焉。

「軒豪、葉軒豪，你是昨天熬夜打網遊嗎？」

「嗯？沒有。我怎麼了嗎？」葉軒豪被她連叫了兩次，這才一愣一愣地回答。

「我剛才叫你，你都沒聽見。」

「有嗎？我剛好沒聽到。」葉軒豪尷尬搔了搔頭。

「你昨晚提到的鋼琴比賽，你說你是碰巧經過，對吧？」

「是呀，怎麼了？」葉軒豪笑得僵硬。

「其實你不是路過，而是……」

在方茹涵講完話前，一名工作人員敲門進來售票室。

「抱歉打攪了，你們有人會鋼琴嗎？」工作人員慌張問。

方茹涵望向葉軒豪，葉軒豪慌張揮手拒絕：「鋼琴我彈不來。」

「不需要彈很困難的曲子，只是一般的童謠。我們的鋼琴伴奏突然說摔傷腳骨折無法來，會簡單的技巧就好。」

「你不去嗎？」方茹涵望著葉軒豪。

「我真的不會彈。」他堅決搖頭。

「那我去吧，這段時間可以請人幫我們顧一下售票口嗎？」方茹涵指向輪椅，工作人員會意後點頭答應。

方茹涵在葉軒豪的協助下坐上輪椅，往遊樂園中央的劇場舞台移動。

兩人前進時，幾個小孩忍不住盯著方茹涵看，葉軒豪見狀內心很複雜，即使知道小孩沒惡意，但心想方茹涵大概不會喜歡受到矚目。

舞台只有階梯，方茹涵無法上去。

「我抱妳上去。」葉軒豪在她求助前已經先將她抱起。

「啊，公主抱。」一旁小孩們見狀，發出吵嚷聲。

方茹涵本來一直視為理所當然的行為，在小孩的起鬨下，突然感到難為情，雙頰發紅。然而葉軒豪卻沒注意到，目光盯著舞台上的鋼琴，面露不安。

現在我連童謠都彈不了吧。他暗自心想，小心翼翼將方茹涵放在鋼琴椅上。

「今天表演的是這首曲，麻煩妳幫忙。」工作人員站在一旁，將樂譜放上。

方茹涵點頭，當她注意到葉軒豪轉身準備下台時，手一伸拉住他，小聲說：「你坐我旁邊。」

葉軒豪面有難色，盯著她前方的鋼琴。

「拜託了。」她再次懇求，緊握住他的手。

葉軒豪只好點頭答應，靜靜坐在她身旁。

「各位小朋友，準備好了嗎？大家一起站起來，跟我們唱唱跳跳。」舞台上打扮成向日葵的女主持人以歡樂的音調向台下說道，小孩們一齊起身拍手。

女主持人望向方茹涵，示意她開始演奏。

葉軒豪不敢看向鋼琴，而是偷偷窺視方茹涵的側臉，看著她彈琴。雖然她彈的只是兒童節目的兒歌，曲調不停反覆，但聽在葉軒豪耳裡，輕快的曲調和眼前方茹涵的溫柔笑靨，就像是午後暖陽的旋律。

音樂是令人開心的存在。他再次體認到這件事，不禁對方茹涵微笑。

「彈鋼琴讓人很快樂，對吧？」方茹涵對上他的目光，趁著節奏緩慢的段落空出手握住葉軒豪的手，試圖讓他彈琴。

葉軒豪沒意料到這突來的發展，指尖碰觸到琴鍵時，一陣麻痺伴隨恐懼一擁而上，他慌張抽開手，反作用力下，方茹涵的手撞上琴鍵發出「咚」的一聲。

這聲巨響下，唱跳的主持人停下腳步望向兩人，台下小孩也驚訝地一齊注視巨響的來源。

葉軒豪發覺目光如箭投向自己，轉頭看，剎那間台下所有人的頭都變成了西瓜，恐懼淹沒他的視野，瞬間雙眼發白，無法思考。

「發生什麼事？」台下工作人員問道。

「沒什麼，是我不小心手滑了。」方茹涵回答。

方茹涵對台下小孩微笑，舉起手重新演奏。她注意到葉軒豪的異狀，不時瞥向他，發現他雙眼無神盯著琴鍵，臉頰滲出冷汗，彷彿腦中的琴弦斷線。

「沒事、沒事，不用擔心。」她低聲安撫。

表演結束後，葉軒豪的情緒漸漸撫平，他抱起方茹涵走下台，送她回售票室，此時已經是遊樂園截止售票的時間。

「抱歉，我剛才害妳的演奏中斷。」葉軒豪面露內疚。

「沒關係，我也只是臨時被叫上場，小小失誤不會怎樣。我已經很久沒有站上舞台，雖然說站似乎也不正確，總之有你在我比較有勇氣面對台下觀眾。」

葉軒豪望向她，她握住他的手，手很溫暖，和剛才彈琴時一樣，他無法想像自己為什麼會有那樣奇異的反應。和方茹涵失去芭蕾的舞台相比，自己的挫折根本不算什麼，然而他就是怎麼也無法跨越那道屏障。

「今天也麻煩你載我回家。」方茹涵對他微笑。

他不由得心想，是不是方茹涵感覺到他內心的陰影，所以今天對自己特別溫柔？對方這樣的體貼，讓他不禁心頭一緊。

葉軒豪如往常將方茹涵送回宿舍前，停下車抱她上輪椅。

「回去好好休息。」他鬆開手要離開時，方茹涵卻叫住他。

「一起吃晚餐，好嗎？」

「嗯？」葉軒豪吃驚望著她，不禁心想八成是因為今天自己表現異常，所以對方才特別顧慮他。

「只是吃頓飯，願意賞臉吧。」方茹涵微笑。

他終究敵不過她的笑容，點頭答應。

他們吃晚餐的時間恰好是人潮最多的時候，方茹涵礙於行動不便，要找地方好好坐下吃飯不是那麼容易。

「如果妳不介意，我們外帶找個地方坐著吃吧。」葉軒豪提議，得到同意後，負責買好便當，和方茹涵在校內騎樓的階梯上坐下吃飯。

「抱歉，沒辦法找到可以容納我的座位。」方茹涵小聲嘆氣。

「沒什麼，這時間本來就不好找位置，而且我也不喜歡在餐廳吃飯，裡面都是學生，講話很大聲，不好聊天。」葉軒豪微笑打開便當。

「本來我想安慰你，但好像反而被你安慰了。」方茹涵望著他，笑容寂寞。

「我有必要安慰妳嗎？」他對她露出自然的微笑。

「你可以告訴我，下午在遊樂園你碰到鋼琴時，為什麼反應這麼激動？就好像恐懼鋼琴一樣。」方茹涵放下筷子，正經望著他。

「沒有啊，我對鋼琴不熟，怎麼會怕？只是因為妳突然抓住我的手，所以我才嚇了一跳。」

「對鋼琴不熟，但是可以參加青年盃鋼琴賽，你真厲害。」方茹涵面露無奈，「你學過鋼琴，也參加不少比賽，但卻像昱澄一樣突然不再參加比賽。那次比賽，是不是對你造成了什麼影響？」

葉軒豪聽見她這番話，知道自己過去參賽的事早就被發現了。

「妳可以不要把我和林昱澄混在一起談嗎？他是他，我是我，更何況他還能彈琴，和我不一樣。我已經無法再彈奏任何曲子，就連小蜜蜂那麼簡單的旋律也無法。妳現在需要關心的是，為什麼林昱澄那麼會彈琴卻選擇放棄。我的事可以不要管嗎？」他試圖微笑緩和氣氛。他不喜歡和人討論自己放棄鋼琴的原因。

「我可以不管，但你先回答我，你還喜不喜歡鋼琴？」方茹涵面露擔心。

「我已經兩年沒彈過琴了，妳覺得我還喜歡鋼琴嗎？這話題到此結束吧，妳是想找我吃飯，不是嗎？」

葉軒豪難得擺出強硬的態度，方茹涵也不好再逼問他，即使他們試著談論愉快的話題，但氣氛依舊沉重。

吃完飯，葉軒豪陪方茹涵回到宿舍。兩人道別後，方茹涵自行進入宿舍內，轉頭望向門外時，卻不再見到葉軒豪站在門口。以往他都會目送方茹涵直到她進入轉角，然而這次卻沒有。她靜靜看著他的背影消失在視野中。

當她想起他坐在鋼琴前茫然無助的表情時，心裡有點痛。她發覺第一次有林昱澄以外令自己在意的人。

葉軒豪返回宿舍，此時只有謝柏文在，他正戴著耳機看影片。

「難得這時間你沒去團練。」葉軒豪走到自己的座位，不經意瞥見對方正在觀看外國鋼琴家的演奏影片。

「今天休息。」謝柏文說著，手指隨音樂輕輕起伏。

「你沒有別的休閒嗜好了嗎？像是看電影或打網遊。」

「與其說鋼琴是我的興趣，或者該說我已經習慣生活有鋼琴。」謝柏文拿下耳機，琴聲自耳機流瀉而出，「我見到林昱澄了，沒想到他也在同間學校，而且還是茹涵學姊的朋友。」

「你已經想起來他是誰了？」葉軒豪疑問。兩人和林昱澄同堂課幾週，謝柏文現在才提起。

「我沒料到他會出現在這裡。我會知道他也是管弦樂社的學長告訴我，說有一個奇怪的學生每週在固定的時間出沒琴房，我偷偷跑去看，聽見他又彈了和當年一樣的曲目，馬上想起他是誰。」

「又是〈給愛麗絲〉嗎？你有沒有和他說話？」

「有，我跟他說我曾經在比賽上聽到他的演奏，還有他的琴藝真的很好。你也認識他，對吧？畢竟你最近和茹涵學姊很常見面，我沒料到他們是青梅竹馬。」

「是呀，我也沒想到這麼巧。」葉軒豪搔了搔頭，想起剛才和方茹涵的對話，心情不由得沉重。

「他有提到你，不過不記得你也在同一場比賽。」謝柏文面露遲疑，「我很想問他為什麼沒再參賽了，但我跟他不熟不好過問。我覺得以他的能力，一定能得到很好的名次。」

「但是兩年前的比賽，他可是唯一無名次的參賽者。」

「什麼？我還以為他鐵定前三耶。」

「他沒得獎，你沒看榜單嗎？」

「當然有！我可是參賽者，但我只看了自己的成績，沒看其他人的。其他人的名次很重要

嗎？」

葉軒豪沉默不語，通常大家確實會在意其他參賽者名次的高低，但謝柏文的想法或許才是最正常的。別人的成績如何有這麼重要嗎？

「你已經不彈琴了，對吧？」謝柏文又問。

「是又怎麼了？」

「茹涵學姊說想找人教她鋼琴，外面的鋼琴教室太貴，而且普遍都是小孩，她只是興趣想學。她本來找我，但我最近在忙比賽，我不懂她怎麼不去找林昱澄。原本我想問你的意願，但看來我只好再找其他人。也許鋼琴社會有人願意接。」

「這樣喔。」葉軒豪喃喃回應。

從芭蕾改學鋼琴，難道是為了林昱澄？他不禁心想。

「知道有更多人喜歡鋼琴我很開心。」謝柏文說道。

「別人喜歡鋼琴跟你有什麼關係？」

「我只是單純喜歡鋼琴。小時候某天補習完等我媽來接我，那天是雨天，我聽見隔壁鋼琴教室傳來清脆的琴聲，好奇窺看，那裡的老師招手要我進去，還讓我摸摸看鋼琴。第一次碰觸琴鍵有種觸電的感覺。簡單的黑白線條，輕輕一按，卻能發出高低起伏的樂音。我把這件事告訴其他人，他們不懂我在興奮什麼。只有和我一樣喜歡鋼琴的人才明白。你可以瞭解我在說什麼嗎？」

「勉強可以。」葉軒豪草率回應，卻開始回想自己喜歡上鋼琴的真正原因。

「果然你也一樣，第一次碰觸琴也很興奮，對吧？」

「那是過去的事了。」葉軒豪戴上耳機，拒絕交談。他眼角瞥見對方失落的神情，假裝沒看見，點了鮮少聽的搖滾樂，將煩躁的心情關在外頭。

當天晚上，他接到母親的電話，擔心他的生活費不夠花。

「我怕你錢不夠買吃的，有吃飽嗎？有沒有吃水果？」母親柔聲問。

「放心，我打工的錢還夠。」他心不在焉地回應。最近方茹涵和林昱澄的事令他心情煩躁。

「如果不夠告訴媽，媽偷偷匯錢給你啊。」

「知道了。」

「好啦，再問你又要嫌我囉唆，先這樣，晚安。」

「等一下。」葉軒豪慌張叫住母親。

「怎麼了？」

「妳記得我小時候為什麼學鋼琴嗎？」

母親停頓半晌，語氣轉為欣喜：「你又想繼續彈琴了？」

他握著手機搖頭，即便對方看不見，但他依舊下意識以行動說服自己：「沒有，隨便問。」

「喔。」

他聽出來母親很失望。

「沒什麼，我先掛斷。」他著急回應，慶幸是隔著電話和母親提起鋼琴，但母親又接著說了。

「那是在你五歲的時候。以前我常帶你回南部的外婆家，外婆家裡有一架漆黑的鋼琴，在你小舅舅房間裡，你還記得嗎？」

「嗯，妳說過本來是小舅舅想要學鋼琴。」

「是呀，他三分鐘熱度，後來鋼琴幾個琴鍵都壞了，最後鋼琴放著起灰塵，變成你們在玩。說是玩，你姊和表姊弟對鋼琴都沒興趣，只當玩具玩耍，有一晚吃過飯，你一個人跑不見沒人發現，結果聽到房間傳來鋼琴聲，走進去一看，沒想到你爬上琴椅在彈鋼琴。」

「我不記得了。」

「因為那時你還很小。」

「我彈了什麼音樂？」

「〈快樂頌〉。當時不曉得你從你姊的音樂課本偷背了樂譜，竟然就彈了起來。你外婆說家裡要出神童了，叫我一定要讓你學鋼琴。」

「太誇張，只是〈快樂頌〉，又不是什麼了不起的曲子。我一開始還不就只是一指神功嗎？」

「可惜你外婆已經沒機會聽到你的鋼琴了。」

「嗯……」葉軒豪靜默。

「我們家沒人懂音樂，但大家都清楚你對音樂有興趣，特別是外婆，她很寵你，外婆小時候沒能好好讀書，知道你喜歡音樂，所以堅持一定要讓你學。」

葉軒豪聽著想起與外婆的回憶，垂下頭輕聲嘆息。

他母親聽不到他的嘆息聲，繼續說：「找到喜歡的事物，就像是找到終生的朋友。興趣和喜好是一輩子的。以前你討厭上學，但卻很喜歡上鋼琴教室。本來你爸想讓你補英文，但家裡的經濟無法兼顧兩者，最後是我堅持無論如何都要讓你繼續學琴，我知道那是你真心喜愛的，而我們不該剝奪。好了，時間不早，你趕快去睡吧。」

「媽。」葉軒豪沉默了幾秒才回應。

「怎麼了？」

「對不起。」他想著這句話很久，總算能說出口。

「不管你的選擇如何，只要你開心我就放心了。」

♪

當週六，方茹涵沿著宿舍外的斜坡前進，準備前往遊樂園打工，外頭陽光刺眼，她想起上回葉軒豪頭也不回離開，心情瞬間沉重。她心想今天對方恐怕不會來接她一起去打工了，等一下兩人單獨在售票室會不會很尷尬？她猶豫該不該拜託林昱澄送她去打工。她忙著寫報告，一時忘記時間，現在出發等公車，肯定會遲到。但她又覺得打電話請林昱澄幫忙似乎不恰當，她早就下定決心不要讓對方有負擔，然而這次心裡卻多了一份顧慮，總覺得這麼做好像對葉軒豪過意不去。這份心情曖昧模糊，無法理解。

沒關係，現在或許可以趕上別班公車，轉乘捷運前往。她心想，移動輪椅前進。這時卻在圍牆轉角遇到葉軒豪。

「妳以為我不會來嗎？」葉軒豪皺眉看她。

「你上次似乎因為我的話而不開心。」方茹涵微低著頭偷瞧他。

「我才沒那麼小氣。」葉軒豪繞到她身後，開始推輪椅往停車場前進。

「抱歉，誤以為你是小氣鬼了。」方茹涵微笑，同時鬆了口氣。

早上十點，兩人坐在售票室，迎接人潮最多的時刻。

「是上次那個……」一位站在葉軒豪前方的小女孩喃喃唸道。

他聽了面露羞赧，想起上回在表演上引起的騷動。然而卻聽見小女孩笑出聲：「是那個公主抱的哥哥。」

葉軒豪苦笑，轉頭看向方茹涵。她聳肩對小女孩揮揮手，小女孩買好票後笑著離開。

「看你多受歡迎。」方茹涵趁人潮散入遊樂園後，笑著調侃。

「沒有，表演彈琴的人是妳，而我是中斷表演的人。」葉軒豪微笑，試圖緩和氣氛。

「但大家都很開心，沒什麼好煩惱。」她輕拍他的肩，露出你多想的表情。

「我聽柏文說妳想學鋼琴？」葉軒豪一時不曉得該怎麼回應，改口道。

「是呀，我想要學更多技巧。」

「為什麼想學鋼琴？」葉軒豪不禁心想是否和林昱澄有關。

方茹涵低頭拍拍自己的大腿，攤開雙手：「現在我的雙手就是一切了。」

「那……妳找到人教妳鋼琴了嗎？」

「沒有，我只有看影片學皮毛。」

「如果……我是說如果妳不需要學到太難的技巧，也許我可以教妳。」

方茹涵抬頭望向他。

「我只能教妳簡單的技巧，也沒辦法示範，只是口頭指導而已。」

「你真的願意教我？」方茹涵雙眼睜大，露出像是小女孩見到迴轉木馬般興奮的表情。這讓葉軒豪腦中響起〈小狗圓舞曲〉的旋律。

「我可以試著教妳，但我還有一個條件。」他深呼吸，這提議在他腦中迴旋許久，從未想過會真的提出來，「在我教妳鋼琴的這段期間，可以和我一起去游泳嗎？」

方茹涵收起笑容。她明白葉軒豪這麼爽快提出指導鋼琴的理由。

「你和我的主治醫生聊過了，對吧？」

「怎麼這麼問？也許我只是想看妳穿泳衣的樣子。」葉軒豪堆起微笑，但聲音卻愈變愈小，任誰都明白他現在講的只是藉口。

他還沒來得及得到方茹涵的回應，又有客人上門。他用眼角偷瞥方茹涵的表情，她在笑，但那只是工作的微笑，他明白她心裡不好受，使他後悔剛才的提議。

在那之後，方茹涵也沒再向他提起學鋼琴的事。他猜想恐怕無法說服她靠游泳復健，然而他心裡確實好奇她穿上泳裝的模樣。

直到下午，他載她回到宿舍時，方茹涵才又提起先前的提議。

「你什麼時候有空？」她問。

「嗯？」葉軒豪一時之間不明白她在問什麼。

「我是想問你，什麼時候有空教我鋼琴。」

「我明天是沒什麼事……但妳不是不想復健嗎？」

「我先看看你教鋼琴的技巧好不好，再考慮要不要讓你看我的泳衣。」方茹涵微笑，臉頰泛紅，轉身移動輪椅返回宿舍。她轉頭望向玻璃門外，這次葉軒豪沒有先行離去。他站在宿舍外對她揮手微笑。

第四章、若即若離

夜晚的校園，葉軒豪和方茹涵兩人待在空教室裡，這間教室沒有鋼琴，只有方茹涵自己帶來的一台電子琴。

「不是社團要借到琴房不容易。」方茹涵按下電子琴的白色琴鍵，隨即發出清脆的聲音，但依舊聽得出來和鋼琴的音色有差距。

「初學者電子琴就夠了。妳學鋼琴有特別的目的嗎？」葉軒豪坐在她身旁問。

「期末通識課不是要表演？我想要表演鋼琴，如果不選鋼琴，我恐怕得改學打爵士鼓了。」

「什麼意思？」

「如果用直笛表演〈小蜜蜂〉，不站著吹大家會覺得很奇怪。」

葉軒豪想起鋼琴和爵士鼓演出方式的共通點，不再詢問。

「妳要表演鋼琴，那林昱澄呢？」

「我不知道，你大概好奇我怎麼不找他教我吧。」方茹涵敲打琴鍵，彈奏簡單的旋律。葉軒豪不清楚她在彈什麼，似乎是流行歌。

「妳願意告訴我理由？」他問。

「我沒辦法讓他教我鋼琴，他放棄攻讀音樂恐怕是因為我。」她拍拍自己的雙腳，「我用腳換

了他的命。」

葉軒豪露出複雜的表情，不知該怎麼回應。

「沒關係，你不用安慰我，這反而會讓我彆扭。」方茹涵笑著輕捏他的手背，隨即鬆開手。

葉軒豪見她手鬆得快，不由得面露尷尬，摸摸脖子問：「妳和林昱澄很久以前就認識了？」

「對。從我有記憶以來，他就在我的記憶裡。」方茹涵轉身朝向電子琴，纖細的手指放在琴鍵上輕彈幾個音，臉上隨即浮現懷念的表情。

「這是德布西的〈棕髮少女〉嗎？」

「你知道？」方茹涵微笑，「我只會前面這幾個音，後面的譜我忘了。以前從家裡就可以聽見鋼琴聲，他總是會在睡前彈琴，夜深人靜，琴聲特別清脆響亮，我記得小學時他都會彈這首曲。」

「我也很喜歡德布西，小時候外婆都會要我表演給她聽，外婆最喜歡的是〈月光〉。」

「〈月光〉？」方茹涵歪頭看他。

「嗯，是德布西的作品，而且多芬的是〈月光奏鳴曲〉。」葉軒豪說著不禁蹙眉。方茹涵明白他想起過去的比賽，也不好多問。

「那你教我怎麼彈〈月光〉好了。」

「太久沒碰了，我只記得前面的樂章。」他拿出紙筆簡單畫了五線譜，「妳會看譜吧？試著彈看看。」

「葉老師不直接示範嗎？」方茹涵望著他，眉頭輕挑。

「妳知道我沒辦法碰琴。」他苦笑。

「摸一下也沒辦法嗎？你沒有示範就想看我穿泳裝？」方茹涵抿嘴做鬼臉試圖緩和氣氛。

葉軒豪笑不出來。他知道自己對鋼琴一直有障礙，也許這是某種因恐懼產生的疾病。他深呼吸將手放在琴鍵上，胃部頓時劇烈翻攪，噁心想吐。

在他雙眼昏花時，方茹涵靠了過去，伸手抱住他。他靠在她的肩膀上，對她的舉動感到驚訝。

「今天突然要你彈琴或許太突然了，不用勉強。」

「抱歉，一個會怕鋼琴的人很可笑吧。」葉軒豪靠在她肩上深呼吸，緊張的情緒得到解放，噁心感退回肚子裡，「也許妳想學鋼琴不該找我。沒有一個教練教人騎馬自己卻不上馬吧。」

「但我又不是學騎馬。況且你不是和我約好還要一起去游泳池，你捨得放棄？我想找你教我，除了你以外，沒有更合適的人選。」

「妳在安慰我嗎？」他說著，意識到此刻兩人的距離，心跳節奏加快。

「我有必要安慰你嗎？」她學了和他上次一樣的回答。

「可是……」葉軒豪面露不安。他沒勇氣再接觸鋼琴，但又希望讓方茹涵重新找回自信，對方向他學琴，恐怕無法進步。

「有你就好了，因為只有你可以看見我的恐懼，而我無法向其他人提起學鋼琴的理由。」方茹涵再次將手移至琴鍵上，「如果我哪裡彈不好，你要即時修正我唷。」

葉軒豪望向她微笑。

夜裡，教室裡傳來青澀的琴音，在靜謐的校園中迴盪。

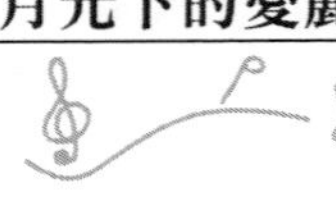

♪

星期二晚上，藝文中心教室裡鋼琴聲依舊。林昱澄坐在鋼琴前不停彈奏著相同旋律，和平時相異，今天他的琴聲帶著憤怒。他不喜歡這種情緒，然而他卻擺脫不掉。

門邊傳來腳步聲，他抬頭一看發現張亞筠就站在一旁。

「你今天好像不太一樣。發生了什麼事嗎？」

林昱澄停止演奏，發現自己額頭滿是汗。

「這個給你。」張亞筠拿出一包面紙遞給他。

「謝謝。」林昱澄尷尬一笑。

「你還好嗎？從我認識你到現在，第一次聽到你這麼生氣。」

「生氣？」他面露困惑。

「你沒有直接表現出來，可是我從你的琴聲聽出差異。」

「有事讓我感到困擾而已。」

「和愛麗絲有關嗎？」張亞筠在他身旁的空位坐下。

「愛麗絲？誰？」

「你一直彈這首曲，難道不是為了某個人？」

林昱澄望著她，不曉得是否該告訴她自己的煩惱。

張亞筠見他遲遲不回答，便將手放在鋼琴上開始演奏。

林昱澄聽著她的琴聲，知道這是兩年多前他在青年盃比賽沒能完成的表演——〈月光奏鳴曲〉。

「你大概一直沒發現，兩年前我也曾經和你站在同個舞台上吧。」張亞筠舞動指尖說道，「我的表演曲目就是〈月光奏鳴曲〉。那一年，如果你表演了這首曲，或許你就會拿到第一名。當時的評論家都這麼說。」

林昱澄看著她的雙手不發一語。他確實不知道張亞筠曾經和自己出現在同一場比賽，更不曉得她選的曲子和自己相同。

「我曉得你當時為什麼沒有按照報名曲目演奏的原因，你因為方茹涵一直無法原諒自己，對吧？你只會彈〈給愛麗絲〉，我猜和她有很大的關聯，正因為如此，你不敢讓她知道你還在彈琴。是她甘願用雙腿來換你的命，我不懂為什麼你卻無法讓自己前進？」張亞筠抬頭望著他，「你什麼時候才能清醒？你放棄鋼琴也無法改變方茹涵不能再次跳舞的事實，一直以來只彈奏〈給愛麗絲〉難道不會膩嗎？」

林昱澄聽著她的話，腦中的思考登時斷了線。他猛地站起身，雙手捶向琴鍵，發出「碰」的一聲。

「夠了！妳什麼都不知道，不要再說了。」林昱澄大吼，四周陷入一片安靜。他望著張亞筠驚嚇的臉，瞬間不知所措，轉身拿起背包快步離開。

張亞筠在他離去後，低頭盯著黑白琴鍵，面露懊悔。

下課鐘聲響起，學生們早在前一刻收拾好隨身物品，準備開溜。

「好了，今天先上到這裡。記得要找一則刑法違規的案例，下禮拜抽點發表。」教授轉身擦黑板，結束了這一堂的刑法概論。

然而葉軒豪盯著黑板發呆沒注意到已經下課了。

「葉軒豪，起來背誦刑法第27條！」陳家帆見他沒反應，走到他桌旁唸道。

葉軒豪聽到指令慌張低頭翻閱課本，陳家帆見了笑出聲，他才發現自己被整了，出拳打向對方的肚子。

♪

「喂，我可是好心叫醒你。」陳家帆說道，但還是止不住笑聲。

「我只是剛好在想事情。」葉軒豪抓抓臉頰，露出難為情的臉。

「你在想你的美人魚嗎？」

「什麼美人魚？」

「就是不能走路的美人，那位教育系的學姊呀。」

葉軒豪眉頭微皺，明白對方說的是方茹涵。用美人魚來稱呼學姊，她會開心嗎？如果她真的是美人魚，那她用聲音、用雙腳換來了什麼？王子的性命嗎？林昱澄是王子的話，那我是什麼？比目魚還是螃蟹？

「我那句話沒有惡意。」陳家帆見他靜默，伸手輕拍他的肩。

「嗯。我知道。」葉軒豪擠出微笑起身整理桌上的筆記，尾隨對方一起離開。

「對了，你之前說你室友在學校游泳館打工，對吧？」路上葉軒豪問。

「是呀，你想去游泳？」

「嗯，算是學游泳吧。你可以幫我問他，什麼時間游泳館人最少嗎？」

「可以呀，沒想到你對游泳有興趣。」

葉軒豪笑而不答。方茹涵說不想在人多的時候去游泳館復健，她討厭被人注視。

「還可以，我的興趣認真說起來還沒有你多。」

「別提了，我參加太多社團，快沒時間寫報告。倒是你，最後什麼社團也沒加入，不會無聊嗎？」

「後來有打工也就忘記社團了，也許下學期吧。」

「那麼高中呢？高中通常會強制參加社團吧，總會有社團時間。你們學校沒有嗎？」

「有是有，但我參加的是電影研究社，只是去點名的，上課時間都在玩手機。」

「你的人生還真無趣。」陳家帆對他搖搖頭。

葉軒豪苦笑，過去高中社團他最早本來是鋼琴社社員，青年盃比賽後便主動退社，換到了電影研究社，沒想到社團活動教室在鋼琴社隔壁，每次社團播放電影時，他總是能依稀聽到鋼琴聲，無法專心看電影，最後選擇戴上耳機玩手遊，好讓自己分心。

「柏文有沒有邀你去看他們的團練？」陳家帆突然開口，打斷他的思緒。

「沒有。」葉軒豪搖頭，同時心一沉。他明白謝柏文沒有邀請自己的理由。明顯表露排斥鋼琴

的自己，如果對方來邀約，恐怕也只能吃閉門羹。

「沒有嗎？他邀我下週四晚上去看看，你沒事的話，要不要一起來？我雖然不懂古典樂，但既然是朋友的表演，一定要去捧場呀。」

「再看看吧。如果我有空的話。」葉軒豪語帶保留。

「說到這個，上禮拜我回家找了好久才找到直笛，國中畢業後就沒用了，以前沒認真洗直笛，裡面味道好難聞，為了通識課的期末表演，還是要加減練一下，不然多丟臉。你也是表演直笛，對吧？」

「通識課的期末表演，你真的不表演鋼琴嗎？」葉軒豪想起上回結束和方茹涵的鋼琴課時，方茹涵這麼問。

「嗯。」葉軒豪點頭，同時回答陳家帆和腦海中的方茹涵。

當初方茹涵問他時，他沒有正面回覆，因為他還沒想好該表演什麼，雖然直笛他也會，但是和鋼琴不同，他並不擅長控制手指緊壓直笛上的孔洞，然而他又沒有其他選擇。

「如果大家都表演〈小蜜蜂〉或是〈快樂頌〉會不會很無聊？」陳家帆接著問。

「要是在你前面表演的人選了拉威爾的〈吉普賽舞曲〉[1]，那你的表演就肯定很無聊。」

「拉威爾？他是誰？文藝復興三傑嗎？」陳家帆皺眉問。

「那是拉斐爾，而且他是畫家。我說的是二十世紀的法國音樂家。」

---

[1] 拉威爾的〈吉普賽舞曲〉為著名小提琴演奏曲，表演所需技巧極高、難度極深，常被作為比賽用曲。

「你家裡有人學古典樂嗎？你說話就像是以前高中的音樂班。」

「沒有，只是聽柏文提過。」葉軒豪說謊敷衍。如果問起他家誰對古典樂有興趣，也只有他符合條件。

「也是，我無法想像你梳油頭穿西裝演奏的模樣。」陳家帆看著他大笑。

「也不是每個人演奏都會梳油頭。」葉軒豪抓抓頭苦笑。在他老家的衣櫃裡，倒是真的躺著一件黑色燕尾服，當時母親認為他會一直穿，所以還刻意買了大一吋的，只可惜當他長到吻合燕尾服的體態時已經不彈鋼琴了。

「你也要好好準備期末表演，不然我們可以來個雙人合奏，老師說過可以兩人以上一起表演。」陳家帆拍拍他的肩，「我找了很多簡譜喔。說真的，那些黑白逗點的樂譜，我看起來就像是外星文字。也許那些厲害的音樂家都是被外星人抓去改造，所以才讀得懂、寫得出他們的文字。」

「太誇張了。合奏的事，我再考慮一下。」葉軒豪苦笑，然而陳家帆的外星人理論卻令他在意。也許自己過去彈得了鋼琴也是因為某種特殊的力量驅使，但現在那股力量被封印起來。

到哪裡可以找到外星人，請他們再替我改造，又或者我本來就不屬於特殊的那群人。他想起林昱澄獨自一人坐在琴房裡，只開了一盞燈在昏暗的空間演奏〈給愛麗絲〉。那畫面令他恐懼，然而同時卻又深深著迷。過去自己曾經在家鄉、在學校四處征戰，拿了不少獎狀，曾讓他引以為傲，認定那就是他的天賦，但也許自己從頭到尾和林昱澄就不屬於同類人，所以他什麼也沒失去過。

星期五中午，方茹涵抵達公車站準備上車前往遊樂園打工，林昱澄開車經過，對她搖下車窗。

「我剛好要去士林，讓我載妳去吧。」林昱澄望著她看。

「沒關係，等等搭上公車就不會遲到了。」

「但是坐我的老爺車，還是比坐在座位狹小又橫衝直撞的公車好吧。」

「坐公車基本上我根本用不到座位。」方茹涵自嘲。

「好了，聽我的，我沒辦法在公車站臨停太久。」林昱澄露出開朗的微笑。

方茹涵望向左右兩方，幾名學生盯著他們看，她不想一直被人注視，只好點頭答應。

林昱澄抱她坐進副駕駛座，收好輪椅後開車上路。

「你這時間去士林要做什麼？」方茹涵問。

「去看一下士林夜市吧。」林昱澄搔頭。

方茹涵猜到他前往士林根本沒特別的目的，而是特意來載她去打工。自從上次她看見對方彈琴後，他們好久沒交談。

「你最近還有在彈鋼琴嗎？」方茹涵忍不住提起。

「嗯。」林昱澄臉色沉了下來。

「你不必因為擔心我會生氣或是受傷而放棄鋼琴，我的腳會受傷那是我的選擇。」方茹涵轉頭望向窗外。

「我知道，我沒告訴妳是因為……」林昱澄話說到一半又打住不說。

「我很喜歡你的鋼琴，你沒能在青年盃拿下第一，我覺得很可惜。十多年來被你強迫用古典樂洗腦，莫札特的〈土耳其進行曲〉、蕭邦〈練習曲〉、孟德爾頌〈春之頌〉……我都背起它們的旋律了。我真心覺得你沒有繼續彈鋼琴很浪費。」

林昱澄沉默不語。

兩人安靜半晌後，他才開口：「妳和那個學弟好像很熟，他上次還揹妳到藝文中心。」

「怎麼了？很在意嗎？」方茹涵露出一臉賊笑。

「沒什麼，隨便問問。」林昱澄專注盯著眼前的號誌燈。

「他只是很好說話的學弟罷了。他也會鋼琴，但現在不彈了。他和你曾經參加同一場比賽，就是當時青年盃。」

「是嗎？我沒印象。」

「他接在你後面表演，演奏的曲目就是〈給愛麗絲〉。」方茹涵忽然意識到什麼重要的線索，她盯著路邊等候過馬路的行人思考，然而路人擺動手腳練習街舞的小動作卻又把她的思緒拉開。她想起以前自己也會在馬路邊練習踮腳尖。

「我知道妳不喜歡我問，但我想問妳，妳還有在復健嗎？」

「舒曼[2]說要帶我復健了。」

2 羅伯特・舒曼，德國作曲家，原先專攻法律，20歲才決心成為鋼琴家，過度苦練鋼琴的結果，導致右手中指、無名指麻痺，改往作曲家發展。在此代指法律系的葉軒豪。

「舒曼？妳是說那個後來手指受傷無法彈琴的音樂家？」林昱澄蹙眉，面露狐疑。

「沒什麼，總之我會去游泳館練習，有朋友要陪我，你放心吧。」方茹涵對他擠出微笑。

受傷後她不曾去過游泳池，她的腳因為車禍留下難看的疤，但是她突然好奇如果在水中，自己能不能憑藉浮力再次踮起腳尖？

車子緩緩駛到遊樂園前方。林昱澄將車暫停，協助方茹涵坐上輪椅。

「下午我會自己回宿舍，你別擔心。」方茹涵對他微笑揮手。

林昱澄望著她轉身離去，沒來得及說服她讓自己載她回家。她的神情很堅定，要是說出口就等於在打擊她的勇氣和努力。他知道她在試著接受現實，而他只能目送她遠去。

如果兩年前受傷的人是我，我們之間就不會存在隔閡了。林昱澄在心中默唸，輕嘆了口氣開車離去。

他停在十字路口等候，前方綠燈亮起，在他準備放開腳煞車時，一輛貨車從右方呼嘯而過。他受到驚嚇，倒抽一口氣。剛才的景象使他想起兩年前的噩夢，當時他腦中一片空白，當他恢復思考時，卻見方茹涵的身體被轎車壓在下方。他雙腳發軟一時無法站起身，用爬的靠向方茹涵。

「茹涵、茹涵！」他的聲音顫抖，遲遲得不到回應。

他不曉得該如何是好，看著青梅竹馬躺在僵硬的柏油路上，頭部流出鮮血，他彎下腰透過車輪間的縫隙查看，只見她左腳掌呈現不自然的狀態向內側拐。

後來發生什麼事他不記得，只記得事發不久母親恰好回家，趕緊叫了救護車，他本來想上救護車陪方茹涵，但只允許一人上車，所以母親要他留在家裡。他撿起方茹涵遺落在地上的芭蕾舞鞋，待在家裡，腦中一片空白。

「叭——」車子後方傳來喇叭聲。

他回神將車往前開。

「等你鋼琴比賽結束後再告訴我吧。」當年方茹涵和他的約定，等到比賽結束後，仍舊沒能兌現。

我該用什麼臉告訴她我的答案？他深呼吸，腦海中浮現方茹涵和那位學弟互動的畫面，不禁眉頭緊縮。

星期天早晨，葉軒豪站在游泳館外，外頭日光熾熱，雖然一旁有樹蔭，但他擔心如果站在陰影處方茹涵會找不到自己。他沒有她的手機號碼，不曉得該在哪裡碰面。而他的宿舍又離游泳館近，如果先繞到方茹涵的宿舍前等她又怕顯得過於刻意。

「你來很久了嗎？」遠處方茹涵戴著鴨舌帽出現在轉角，對他揮揮手。

「因為我們沒說好要在哪裡碰面，所以我提早來了。」他小跑步上前。

「你可以打我的手機呀。」

「可是我沒有妳的號碼。」他拿出手機苦笑。

「怎麼不早說？」她拿出手機，「你的手機號碼多少？」

他忍住嘴角的笑意，故作鎮定告訴她號碼。他不好意思要號碼，聽到對方主動提起，內心雀躍不已。

方茹涵回撥給他，他看見自己的手機出現她的號碼時，嘴角興奮顫抖，在他快憋不住興奮心情時，方茹涵用手機戳了戳他的腰：「好了，進去吧。」

「喔，好。」他讓方茹涵走在前方。

因為昨晚下雨，無障礙坡道濕滑，方茹涵才剛上坡道，輪椅便向後滑，好在葉軒豪趕緊將她撐住。

「謝謝。」她的頭靠在他身上，趕緊挺起上半身，臉頰微微泛紅。

兩人走進游泳館，葉軒豪向工讀生登記學號。方茹涵轉身背對櫃檯等候。

「我已經買好票了。」葉軒豪走向她。

她微笑拿出票錢想交給他，但卻見他一臉尷尬。

「沒關係，妳收著吧，當作是我請客。」葉軒豪快步向前，表示不願收。

方茹涵轉頭瞥了櫃檯一眼，看到票價隨即明白為什麼葉軒豪的表情這麼不自然。他們身分不同，拿到的票價也不同。以她的身分不需要付錢。雖說這是給她特別的優待和體恤，但一下子換了身分，在校園、在社會，大家看待她的眼光也不同，這樣的體貼對她來說反而是種折磨。

「他有在看著我嗎？」方茹涵跟在葉軒豪身旁悄聲問。

「誰？」

「櫃台打工的人，他應該沒看過有人帶著椅子進游泳池。」方茹涵眼角示意後方。

葉軒豪轉頭看，打工的學生正低頭看小說。

「他沒有看妳，他正在摸魚看書。」

「喔。」方茹涵咬著下唇，不願承認自己多慮了。

葉軒豪換好泳褲走至池邊等候，這時間只有幾位中年男女在游泳，可能是附近居民或學校教師。他坐在岸邊發呆，腳懸掛在水面搖晃，細微水花濺起。一旁打工的救生員正認真滑著手機。

他聽見身後傳來車輪摩擦地磚的聲響，轉頭一看，只見方茹涵坐在輪椅上，頭低垂。她穿深藍色條紋的兩截式泳裝，平常總是以長裙遮蓋住的雙腿露了出來，可以看見她右小腿上長條的傷疤。

「看起來很嚇人吧。」方茹涵抬頭望向葉軒豪。而葉軒豪還沒有心理準備，他不知道該怎麼回應，方茹涵腿上的疤確實很明顯，他不可能笑說沒見到，這話一出馬上就會露出破綻。

「我不敢一直盯著妳的腿看……那會讓我看起來像是變態。」他沉默許久回應。

方茹涵噗哧一笑，但笑容依舊寂寞。她輕聲嘆息後說：「你可以幫我移動到淺水池邊嗎？」

葉軒豪盯著她一愣一愣地問：「我該怎麼幫妳？妳現在和平常不同，只有穿泳衣。」

「我都不介意了，你在怕什麼？」方茹涵挑眉看他。

葉軒豪盯著她的肩膀，不敢亂看，伸手將她從輪椅上抱起，隨即將目光拋向遠處懸掛的時鐘。方茹涵看他這麼小心翼翼的模樣，忍住笑意。他的反應讓她不再掛心腿上的疤。

「抓好了嗎？」葉軒豪蹲在泳池的樓梯扶手旁，將方茹涵放下，確定她抓穩扶手。

「我抓好了。」方茹涵點頭對他微笑。

葉軒豪看著她不自覺心想，為什麼他們靠得如此近，但對方似乎沒有半點羞怯，或許她還是把自己當弟弟看，內心不禁失落。

方茹涵小心翼翼移動到角落，緊抓著泳池邊高起的牆試著伸直雙腳。葉軒豪站在她身旁，默默注視。他發現當方茹涵兩腳著地時，她臉上漾起了興奮的笑容，即使她的腳仍舊無法伸得筆直，右腳過去受到很大的損傷，膝蓋還是微屈，呈現身體左右傾斜的狀態。

「我的右腳裡面曾經被裝入了鋼板和鋼釘，就像是《綠野仙蹤》裡的錫鐵人。」方茹涵低頭看著自己的腳，「當時我小腿的腓骨斷裂，必須靠固定讓骨頭可以復原在正確的位置。」

「腓骨……」葉軒豪複誦，他對這個詞很陌生。

「就是小腿上筆直的那塊骨頭。」方茹涵蹙眉，想起了不愉快的回憶。

「但是現在鋼釘都已經取出來了吧？」

「嗯，我把它們收在家裡的一個玻璃罐裡。」

「為什麼要留著？」

「它們陪了我幾個月，突然要和它們分離讓我很不安，所以我拜託醫師讓我把鋼釘留下，如果不安的時候，就搖一搖玻璃罐，好像可以提醒我骨頭已經長好了，不是分開的。」她的笑容帶著愁緒。

「有什麼好懷疑的？妳現在不正站得好好的嗎？」

「但願我像你一樣樂觀。」方茹涵笑得勉強，低頭盯著自己的腳，試著緩緩移動腳步，表情看起來很吃力。

葉軒豪看著她輕咬下唇，知道她在忍耐疼痛。

「我想我正在走路。」方茹涵對上他的目光，「我已經兩年沒走路了。」

「那只是因為妳沒有嘗試使用妳的雙腳。」葉軒豪看著她，現在的方茹涵就像是美人魚碰到水，再次長出尾巴。

當他話才剛說完，只見方茹涵突然滑了一跤，整個人沒入水中。葉軒豪吃了一驚，雙手握住她的肩膀，將她拉出水面。她不停咳嗽，無法靠自己的力量站起。

「需要幫忙嗎？」一旁救生員見狀上前。

「不用。」方茹涵用力搖頭，但表情痛苦。

葉軒豪抱住她的腰，讓她坐在池邊休息。

「妳還好嗎？」他坐在她身旁詢問。

方茹涵拿下蛙鏡不停擦拭雙眼，似乎是游泳池的水跑進眼睛裡。但過了幾秒，葉軒豪發現她是在擦拭眼淚。

「我想妳也許還需要一點時間適應。」

方茹涵搖頭，語帶哽咽：「我還是沒有辦法……沒有辦法像以前一樣踮起腳尖。就連在水裡也沒辦法。」

葉軒豪聽了，隨即明白她剛才為什麼會突然跌一跤。

「他就是知道我無法再跳舞，所以當初才會在比賽上彈了〈給愛麗絲〉。那首曲子本來是要給我的，說好在我比賽時，他要彈〈給愛麗絲〉替我伴奏。」

葉軒豪清楚她說的「他」是指誰。

「對妳來說，林昱澄學長是很特別的存在嗎？」葉軒豪忍不住問，卻不敢聽答案。

「現在說這些已經沒用了。他對我只有虧欠，我們已經回不到過去，再也不能……」方茹涵摀

著臉不停哭泣，她的哭聲在四周迴盪。葉軒豪看著她心裡感到一陣酸澀，心疼她的同時，卻又因為自己無法取代林昱澄而感到失落。

他望著她，深呼吸躍入池中，抓住她的腳。

方茹涵吃了一驚，抬頭望著他，只見他抓著自己的腳，讓她將腿打直，在水中輕輕上下踢水。

「如果他不相信妳可以再次跳舞，那麼我們就證明給他看，讓他知道他是錯的。」

「不可能，你沒看到我腳上的疤嗎？」方茹涵掙扎，試圖將腳從他手中掙脫，但卻使不上力。

「聽著，他不相信、妳也不相信，但我認為妳可以，妳一定可以再站起來，再一次踮起腳尖。」葉軒豪無視飛濺的水花，緊抓住她的腳板，「當妳再次站起，我會替妳伴奏，妳一定會是最棒的舞者。」

葉軒豪雙手溫柔地抓著她的腳，讓腳緩緩上下擺盪。方茹涵呆望著他，不再掙扎，而是專注地配合他擺動雙腳。

「你不是害怕彈琴嗎？還想幫我伴奏。」

葉軒豪搖頭：「我是怕，但我願意為妳再次彈琴。我看過妳以前參賽的影片，我希望妳可以再站起來跳舞，而我想為妳彈琴。」

他抬頭望向方茹涵，見她沒有任何回應，一瞬間意識到自己說了什麼，對自己的發言不禁驚愕。

方茹涵低下頭沒回應，靜靜感受著雙腳上葉軒豪溫熱的手心，而自己離開水面的指尖陣陣發麻，心底癢癢的。這段時間，她沒再抬頭看他，游泳池只剩下水輕柔拍打的聲響和兩人細微的心跳聲。

下午葉軒豪返回宿舍，打開門宿舍裡只有謝柏文一人。

「難得只有你在。」

「他們兩個出門找女友了。你呢，怎麼這麼晚回來？」謝柏文拿下耳機，鋼琴聲自耳機流瀉而出。

「我去游泳。」

「就你一人？」

葉軒豪搔著後腦勺，尷尬道：「還有你學姊。」

「學姊？你是說茹涵學姊嗎？」謝柏文面露吃驚。

他點頭。

「你們什麼時候這麼要好了？」

「我只是陪她復健。」

謝柏文聽了點頭，但眼神中帶著質疑。

「我……」葉軒豪見對方又要拿起耳機，忍不住又叫住他。

「怎麼了？」謝柏文轉頭看向他。

「我想……我可能又想彈鋼琴了。」

謝柏文聽他這麼說瞬間眼睛一亮：「你怎麼改變想法了？」

「突然有個人，讓我很想替她彈琴。」葉軒豪說著趴在桌上，感覺自己的臉頰燒燙。

「我聽說了，你最近在教學姊鋼琴。我猜你說想彈鋼琴的對象，難道就是茹涵學姊？」

葉軒豪把臉埋在手臂裡，逃避正面回答，只是改口問：「如果我喜歡的人喜歡別人，但我還是很喜歡她，那該怎麼辦？」

謝柏文明白他想說什麼，手指輕敲桌面深思後回答：「如果你真的很喜歡她，那就盡全力讓她喜歡上你，要是她還是不喜歡你，至少你也試過了，也沒什麼好遺憾。聽起來很空洞，對吧？」

「嗯，像沒建議一樣。」葉軒豪側趴看著對方。

「但學姊願意讓你陪她復健，難道不是代表你對她來說是可以信任的人？」

「可是我總覺得她沒有意識到我。」

「如果意識到了，你還敢待在她身旁？她會察覺你這麼努力接近她的原因。」

「我還不敢想像這情況發生。」

「對了，下禮拜我社團練習學姊會來看，你要不要一起來？」謝柏文提議。

♪

星期四晚上，葉軒豪和陳家帆依約到了管弦樂社練習的視聽教室。他們走進教室前便已聽到練習聲，提琴聲和鋼琴聲交錯，節奏有些凌亂，似乎是團練前的個別練習。

「哈囉。」一方茹涵正坐在台下對他們招手。從她的表情和語調感覺得出來她今天心情很好。她身旁還坐著一位不認識的女學生。

葉軒豪和她揮手，聽見她的朋友在問自己是誰時，他刻意別過頭，內心很緊張。

「是一起打工的朋友。」她這麼回答。

從學弟晉升成朋友嗎？葉軒豪心想，走到距離方茹涵相隔兩個空位的地方坐下。

方茹涵對他微笑，瞥了一眼兩人之間的空位，眉頭微蹙。

「沒想到你也會來看柏文的社團表演。」她說。

「我只是心想也許看了會有什麼收穫。」葉軒豪不自覺抓了抓耳朵。

「我還在思考該選什麼曲子讓你替我伴奏。」

葉軒豪忍不住望向她，只見她微笑看向台上。此時，表演者們已就定位，謝柏文坐在鋼琴前，對他們招手。

指揮手一舉起全場瞬間安靜，當指揮舞動雙手時，長號小號手隨即吹奏，磅礡的旋律如波濤巨浪般響起，揭開序幕，隨後是清脆的鋼琴音與悠揚的提琴聲迴旋反覆的節奏。

「這是什麼曲子？」陳家帆悄聲問。

「柴可夫斯基的〈第一號鋼琴協奏曲〉。」葉軒豪回答，同時專注地望著謝柏文在琴鍵上跳躍的雙手。他從未想過當時的謝柏文在這短短兩年的時間，竟然變得這麼厲害，然而自己的雙手已經失去對琴鍵的熟悉，對鋼琴產生恐懼。在過去，那曾是如此理所當然的習慣，但現在他的手已經幾乎忘記如何在琴鍵上穿梭。

樂曲進入快板，謝柏文的肩膀和頭隨節奏快速顫動，臉上的表情極為專注，目光緊盯琴鍵，一雙手不停在琴鍵上奔走，彷彿他的身體和手是不同的存在，雙手靠著自身的意識左右移動。

「沒想到他這麼厲害，而我也是第一次聽說你會彈琴。」陳家帆又說。

葉軒豪知道他聽見自己和方茹涵的對話，一時不知道該怎麼回應。演奏到了尾聲，在指揮畫下終止的手勢後，在場聆聽的觀眾全部高聲鼓掌，葉軒豪意識到掌聲，趕緊跟著拍手。

他看著謝柏文坐在鋼琴椅上微笑的神情，深感自己和對方已經不是同個世界的人了。他清楚自己逃避鋼琴的這兩年，謝柏文下了多少功夫，已經不可同日而語。

「你怎麼了？手一直發抖。」陳家帆轉頭看向他，他才發現自己的異狀。

葉軒豪握住自己的手搖頭表示沒事。

指揮轉身敬禮。這場演奏已經不是單純的練習而已，在葉軒豪眼中，連練習都可以如此完美，等到了正式演出肯定又是另一種境界。

指揮轉向樂團，在他即將放下手、開始另一首曲目的瞬間，葉軒豪站起身快步離開現場。

他走到附近的廁所，站在外頭的洗手台前，不停乾咳，直到胸口反嘔的感覺消失後，才轉開水龍頭洗了把臉，大口喘氣。

「你沒事吧？」

葉軒豪聽見話聲轉頭一看，方茹涵正一臉擔憂地望著他。

「我有點不舒服，出來休息。他們應該還在表演，妳不回去看嗎？」

方茹涵搖頭，移動到他身旁。

「我只是喜歡鋼琴才來聽，實際上我對管弦樂一點也不熟。」

「妳看到了吧，柏文真的很厲害，相較之下我連鋼琴也碰不了，真是丟臉。」

「他只是喜歡鋼琴，這麼簡單而已。而你也是，你太在乎鋼琴，所以困住自己了。」

「我看他彈琴，忍不住想我還有辦法像他一樣演奏嗎？」葉軒豪舉起自己的手，仍然止不住地顫抖。

方茹涵緊掐著他發冷的手：「你知道嗎？你還有手，你想彈隨時可以，而你還在等什麼？」

他看出來她很生氣，而她絕對有理由生氣。

「對不起，但我真的不知道自己哪裡出問題了。」葉軒豪握著她的手蹲下身，「對不起。」

「你不用向我道歉，你會感到難過，是因為你還喜歡鋼琴，在你找回辦法面對鋼琴之前，我會一直陪你。」方茹涵輕摸他的頭，讓他靠在自己膝蓋上，膝蓋隨即被淚水沾濕。

當她說出那些話的同時，她的心也一陣涼一陣酸。她從他身上彷彿看見另一個自己。腳趾發麻抽痛，提醒她自己的腳還是有知覺的。

葉軒豪調整好情緒準備站起身時，發覺自己從剛才便一直靠在方茹涵的腿上，不禁雙頰發燙。

「怎麼了？」方茹涵發覺他表情不自然。

「沒事，只是我腳有點麻。」

「你還要回去看練習嗎？」

「今天就不了。」葉軒豪搔搔後腦勺。

「你已經沒事了嗎？」

葉軒豪點頭，想起自己竟然在喜歡的人面前哭，不由得難為情。

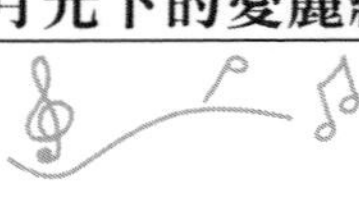

「妳朋友呢？」

「我跟她說要出來找你，隔了這麼久，我想她應該先回去了。」

「那我陪妳回宿舍吧。」葉軒豪尷尬一笑。

這時管弦樂社已經結束練習。謝柏文走向觀眾席，陳家帆對他揮手。

「你太厲害了，完全不曉得你竟然這麼有音樂天分。」

「謝謝。軒豪人呢？他剛才不是和你一起來？」

「他八成突然想拉肚子吧。第二首曲的時候突然衝出去。」

謝柏文瞥向一旁的空座位，注意到方茹涵也消失了。

兩人交談時，管弦樂社的老師走向他們：「柏文，剛才那個男學生你認識？」

「軒豪嗎？他是我室友。」

「可以讓我見見他嗎？」老師臉上浮現愁容。

「江老師認識他？」

江老師點頭，長嘆一聲：「他兩年前曾經是我鋼琴教室的學生，自從比賽結束後再也沒來學鋼琴了。」

「他不彈鋼琴和比賽有關嗎？」

「一部分是，但我想最大的原因是他的外婆，在鋼琴比賽結束不久，他的外婆就過世了。他外婆一直很支持他學鋼琴，也許是因為這樣讓他備受打擊。」江老師望向門邊，面露擔憂，「你可以安排讓我和他見面嗎？」

送方茹涵回宿舍的路上，葉軒豪忍不住問：「學姊，我可以知道妳真正想學鋼琴的原因嗎？」

「我說過了吧，因為我沒辦法再跳舞，所以才想學鋼琴。」

「真的是這樣嗎？」

「怎麼突然這麼問？」

「自從上次教妳鋼琴時，我就很好奇，總覺得妳學鋼琴是為了別的理由。」葉軒豪面露顧忌問。

「什麼理由？」方茹涵轉身看他。

「我只是在想，妳會不會是為了林昱澄學長才想學鋼琴？」

「為什麼這麼想？」

「妳說過他對妳來說是特別的存在。」葉軒豪胸口揪了一下。

「或許真的和你說的一樣。」方茹涵沉默幾秒，「我曾經和他約定，在他比賽結束後，要聽到他的答案。」

「什麼答案？」

「在我出車禍前，我向他告白了。」方茹涵面露羞赧。

葉軒豪吃驚望著她：「結果呢？他回應妳了嗎？」

「現在已經不是知不知道答案的問題。當時是我讓他躲過車禍，如果還要求知道答案，那是不是太卑鄙了？」

「他回應告白，和妳救了他有任何關聯嗎？」

方茹涵望著他，一時不知道該怎麼回答。

「你認為我應該要聽他的答案？」

「比賽已經結束兩年了，難道時間還不夠久？」

「你為什麼這麼堅持我該聽他的答覆？」方茹涵面露不悅。

葉軒豪看著她，發覺自己涉入過多。實際上他也不瞭解自己為何這麼想知道林昱澄的回答。若得知兩人是兩情相悅，那自己對方茹涵又是什麼存在？

他握著拳頭，想了許久才開口：「我認識妳還不夠久，沒有十年、一年，有時候我抓不準和妳的距離。」

方茹涵聽見他這番話，不禁困惑蹙眉。

「而我想知道他的答案，如此一來，我才能知道自己可以和妳維持在怎樣的距離。」

「距離？你到底想說什麼？」

葉軒豪被她這麼反問，剛才的勇氣瞬間化成泡沫，別過頭說：「妳還是喜歡學長，對吧？」

方茹涵瞪大眼看他，露出一臉欲言又止的表情，當她正張開口準備說話時，葉軒豪卻大喊「抱歉」，隨即轉身向後跑。

謝柏文返回宿舍房間時，房間燈沒開。他打開燈心想葉軒豪去了哪裡時，卻發現上鋪躺著人。

「軒豪，你在呀？」謝柏文抬頭問。

葉軒豪從床鋪上探出頭：「抱歉，聽到一半就跑出去了。」

「發生了什麼事嗎？」謝柏文問道，忽然想起社團老師說的話。

「我想起一些不好的回憶。」

「所以就直接回宿舍了？」

葉軒豪搖頭。

「那麼那段時間你去了哪裡？」

「我和你學姊聊了一下。」

「然後回來就窩在床上？」

「我好像不小心告訴學姊我喜歡她。」葉軒豪把額頭靠在冰冷的鐵欄杆上降溫。

「蛤？上次你不是說不敢讓她知道嗎？為什麼說出來？而且不小心是什麼意思，你向她告白了？」

「也不算是告白，只是說得很明顯，我想她不可能沒察覺。」

「她的反應呢？」

「我沒等她回應就跑回來了。她有喜歡的人，我還有必要知道答案嗎？」

「你都已經說了，為什麼不聽回答？」

「因為我不敢聽。」

「沒辦法，說出去的話也收不回來。」謝柏文嘆氣走向他，拿出一張名片放在他床上，「江老師現在是我們社團的老師，她看到你說想和你見面。」

葉軒豪皺眉拿起名片，赫然發現上頭的名字是他過去鋼琴教室的老師。

「我覺得你應該去見見她。」謝柏文又補上一句。

方茹涵回到宿舍，原先陪她一起去聽管弦樂社練習的室友已經回房。

「回來了？」室友問。

「嗯。」方茹涵表情複雜關上門。

「發生什麼事了嗎？這麼晚才回來。」

「沒什麼。」方茹涵微笑，隨後又問：「妳有沒有遇過有人告白卻不聽答覆的嗎？」

「該不會誰向妳告白了？」室友露出興奮又好奇的表情。

「怎麼可能呢？」方茹涵笑了笑，揮手否認。

「是喔，如果有這種事，或許是因為對方早就知道答案，所以才不聽回答吧。」

「他真的知道答案了嗎？」方茹涵喃喃自語，不禁心想自己又是否真的知道答案。

桌面上，手機發出光芒，上頭顯示了林昱澄傳來的訊息。

——「我們談一談好嗎？」

第五章、變奏曲

下午結束課程，葉軒豪吃過晚飯準備返回宿舍時，卻看見宿舍門外站著一名中年女子。他面露狐疑盯著對方看，兩人目光相交，他想起那人是他過去的鋼琴老師，正當他著急低頭轉身離開時，對方卻快一步按住他的肩膀。

「我找你找好久了。」江老師嘆氣，眉頭深蹙。

「江老師現在是管弦樂社的老師吧。怎麼今天會來這裡？」他刻意裝傻。

「我來找你。聽柏文說他把名片交給你，可是你一通電話都沒打來。你知道兩年前比賽後，你不再來上課讓我多擔心嗎？」

葉軒豪一臉慚愧，低頭不發一語。

「為什麼要放棄鋼琴呢？你以前是我最棒的學生。」

「妳沒看到兩年前那場比賽嗎？簡直是場笑話。」

「那場比賽是個意外，沒人料到會有突發狀況。」江老師雙手抱胸嘆氣，「我教過很多學生，很多比你厲害的學生，但他們往往都是被爸媽逼著來學琴，不是真的喜歡，過了幾年不碰琴，很快手又生疏了。而你喜歡鋼琴，我一直相信時間久了，你會比他們都還要傑出。告訴我你不彈琴的原因，好嗎？」

「那是因為……我很怕。那次我練了好幾回，可是結果卻一團糟。我沒有辦法感受鋼琴的琴鍵，它變得好陌生，我腦中一片空白。」

「這和你外婆過世有關，對吧？你想要讓她替你感到驕傲。」

「好不容易參加全國性大賽，我必須拿出像樣的成績，好讓一直支持我的外婆可以為我感到驕傲，結果我卻彈得亂七八糟，外婆那天也看了直播，她肯定很失望。」

「如果她知道你沒有再繼續彈琴，她才會真的失望。你真正在意的，其實根本不是名次，而是你沒有好好彈琴，沒能將當時比賽的曲目彈好。因為讓外婆看到那樣的表演，所以你很後悔，不是這樣嗎？」

「現在講這些已經沒意義，外婆沒機會再看我表演。」

「沒錯，沒有意義。比賽已經結束，事情也已經發生。可你就要這樣放棄嗎？」

「現在彈琴還有什麼用？我能拿它當飯吃嗎？」葉軒豪自暴自棄，隨口搪塞。

「所以你決定要放棄？選擇棄權，輕易輸給困境？這不就只是藉口嗎？我看過太多像你一樣的人，你要知道造成你一蹶不振的原因是你還沒努力就放棄。」

「就算妳這麼說，但我現在碰到鋼琴就會噁心想吐。妳認為我真的沒有嘗試過嗎？妳有見過任何一個像我一樣會害怕鋼琴的人嗎？有的話，告訴我，告訴我該怎麼做？」

江老師面露擔憂看著他：「我不是你，確實無法理解你的狀況，能理解的人很少。所以你要知道，克服困難必須靠自己努力，而當有人想要幫助你的時候，你不該拒絕。」

♪

林昱澄坐在房裡盯著手機螢幕，傳給方茹涵的訊息依舊沒得到回覆。房外傳來敲門聲，母親走進房裡。

「最近茹涵還好嗎？好久沒看到她了。」

「她最近有點忙。」

「你還有陪她復健嗎？」

林昱澄欲言又止：「她有其他認識的朋友陪她復健了。我想她或許並不希望我出現在她面前。」

「你們從小就認識，她怎麼可能會這麼想呢？」

「我常想，要是她和我的立場對調，我們現在會怎樣。」

他母親聽了面露愁容：「我明白你的痛苦，畢竟她為了你受重傷，不得不放棄芭蕾。但當年她受傷醒來時，看見我卻露出了微笑。我知道她沒有後悔救你。」

「但也因為這樣，我們的關係無法再像過去一樣，我寧願她沒有救我。」

「你知道上次我遇到她的時候，她向我說了什麼嗎？」母親握住他的手，「她問了我，你還有沒有繼續彈鋼琴。那次青年盃比賽之後，你不再彈琴了，她家就在樓下，沒聽見琴聲一直讓她很在意。」

「妳知道她曾經一度放棄復健嗎？」

「你不是說有人陪她復健？」母親一臉錯愕。

「對，但之前好一陣子她說有人陪她其實都只是說來讓我安心。我不曉得該怎麼做才能讓她恢復自信，對她來說，芭蕾就是她的一切。要不是因為那場車禍，她現在還能站在舞台上跳舞。」

母親面有難色，輕聲嘆氣：「你是我的兒子，我當然不願意你受傷。但每當看到茹涵和她的家人，我總是很過意不去。我還記得那天青年盃比賽時，你爸帶你去比賽，而我待在茹涵的病房裡，大家一起看了你的表演，到現在我還是不明白你為什麼沒有照報名的曲目表演。然而那時茹涵只是望著電視裡的你流淚，你回家後什麼也沒說。在那之後，茹涵個性變得很靜，更難問她當時怎麼了。」

「我也不知道，那時我一站上舞台，腦海裡只有〈給愛麗絲〉。」林昱澄舉起雙手，「我知道這麼說很不好，但如果受傷的人是我會更好，我還是可以用雙手彈琴，可是茹涵不同，雙腳對她很重要，那是她的靈魂。」

「我明白你的想法。但當時比賽那日你剛站上舞台時，茹涵躺在病房裡看你出場，笑著對我說：『昱澄一定會拿第一。』她當時的笑臉我不曾忘記，我知道她比任何人都還支持你。這件事我希望你記在心裡。」

「我知道了。」林昱澄簡短回應，不願再多說。

「好吧。如果有事想找媽聊聊，隨時可以。」母親關門離開。

林昱澄仰頭望向擺在書桌架上的獎狀，他將大半的獎狀都收起來了，唯獨這張被留下來。那是某次方茹涵來他家時，要求他擺出來的。這是他第一張獎狀。

他閉上雙眼喃喃自語：「我也想要支持妳，就像妳支持我一樣。」

在他的腦海中，再次響起〈給愛麗絲〉的旋律。

♪

早晨的陽光灑落樹葉間，葉軒豪走在樹蔭下，內心忐忑不安。他猶豫許久，最後還是決定來到方茹涵的宿舍前等候。

「你來了？」方茹涵沿著斜坡下來，來到他面前。

「嗯。」雖然方茹涵表情和平時一樣，但葉軒豪卻面露尷尬。

「走吧，不然要遲到了。」方茹涵輕拍他的手背。

葉軒豪心想或許方茹涵根本沒察覺他上回說的話是什麼意思，這麼一想又不禁一喜一憂。又或者，方茹涵只是假裝不懂他的心意。

「你今天話很少，在想什麼？」當他們抵達停車場時，方茹涵突然說道。

「沒什麼。」葉軒豪搖頭。

「那就好。」方茹涵輕捏他的指尖。

他們準時抵達遊樂園，遊樂園尚未開園，但已經有不少人潮。或許是因為期中考剛結束，比以往的人數還多。

幾名小學生看見方茹涵和葉軒豪出現，認出他們是之前上台彈鋼琴的人，不怕生迎上前問：

「大姊姊今天也會上台彈琴嗎？」

「不會耶，我上次只是臨時上場。」方茹涵微笑。

葉軒豪站在一旁，看得出來她很喜歡小孩，想起她曾說過想當老師的夢想，現在想想那或許是她雙腿受傷後折衷的選擇。

小學生們露出可惜的表情。他們似乎很喜歡方茹涵。

「大姊姊的腳什麼時候才會好？」一名女孩問，一旁年紀較大的男孩輕拍女孩的肩，明白有些問題不能隨口問。

「這個嘛……也許等他學會彈鋼琴時，我腳就會好了。」方茹涵拉了葉軒豪的衣袖，把問題推給他。

「我？我嗎？」葉軒豪微張著嘴。

「哥哥快點把鋼琴學好呀！」小學生們望著他喊道。

「這個……」葉軒豪搔搔頭，不知道該怎麼反應。

「好囉，我們要進去工作了。」方茹涵看他一臉驚慌，忍不住笑出聲，拉著他的手，示意他一起進售票室。

「剛才嚇死我了，那群小孩一直盯著我看。」葉軒豪進入售票室壓低聲音說。

方茹涵看著他笑：「看你這樣的反應真好玩。我說的也沒有錯，你說過我如果再次跳舞，你會幫我伴奏，所以你開始彈琴的時候，就會是我站起來的時候呀。」

葉軒豪看著她，從對方的態度看來真像是什麼事也沒發生過。他只能傻笑，一邊慶幸一邊失落。

這天打工，兩人和平時一樣聊天，方茹涵的反應一如往常，反倒是葉軒豪顯得患得患失。

下午他依舊載她返回學校宿舍。

他幫她將輪椅架好，抱起她準備將她放下時，卻突然聽見她靠在他的耳邊說：「抱歉，一直麻煩你。」

「我是喜歡才這麼做。」葉軒豪放下她，臉頰一紅又改口說：「我是指我不討厭做這些事，不只接送還是復健，我……」

方茹涵見他一臉慌張，開口安撫：「我其實很喜歡現在的距離，我覺得這樣剛剛好。我這麼說你可能會覺得很狡猾，但我還沒辦法給你答案。」

「是因為妳還不知道學長的答覆嗎？」葉軒豪望著她，神情茫然。

但方茹涵只是搖頭：「他的答覆不影響我給你的回答。這些天我想了很久，這兩件事沒有關聯。我喜歡和你相處的感覺，但我還沒辦法把這種感情定義為喜歡。」

「所以其實上次妳有聽懂我說的話？」葉軒豪抓了抓臉，表情尷尬。

「雖然我不明白為什麼會是我，但我想我瞭解你的心意了。事實上，這讓我有點開心。」方茹涵對他微笑，「對不起，沒辦法給你完整的答覆。就算這樣，你還願意像平常一樣和我相處嗎？」

葉軒豪看她臉上浮現不安的表情，完全無法拒絕，而他的內心也還無法說服自己放棄，最後只是點頭。

「那麼明天你還會幫我復健吧？」

「當然，如、如果妳不討厭的話。」他一時緊張，舌頭打結。

「好，明天游泳池見。」方茹涵微笑揮手，轉身往宿舍移動。而葉軒豪只是呆立在原地，望著她的背影離去。

方茹涵背對葉軒豪深吸了口氣，她從沒面對過這種情況，今天一整天她努力讓自己不要做出反常的反應，但是當葉軒豪抱著她下車時，她覺得不能裝作上回對方的告白沒發生過。

「為什麼會喜歡我？」她喃喃自語，到現在她還是不敢相信，然而葉軒豪一直以來的關心不就是最好的證明嗎？

她返回寢室關上門，沒注意力道，門發出碰的一聲，室友轉頭看向她。

「茹涵，怎麼了？妳的臉看起來好紅。」室友關心道。

「沒、沒事。」她擠出微笑別過臉回答。

♪

中午時間，假日的校園開始有了生氣。一部分住宿的學生走在校園內漫步。葉軒豪和方茹涵沿著游泳館外圍林蔭散步聊天。

「經過這幾次的復健，我覺得也許該回復健科看看。」方茹涵輕輕踢了踢腿，微笑道。

「妳不是很排斥復健嗎？」

方茹涵搖頭面露無奈：「我想該是時候面對現實了，家人知道我又開始復健，他們很開心。在我發生車禍後，他們對我總是很縱容，大概是擔心傷到我，所以一直不敢逼我。」

「如果妳需要，我可以幫妳。帶妳去醫院復健。知道妳願意復健我也很高興。」

方茹涵迎著他的笑容，牽起他的手，但卻猶豫接受他的好意究竟對不對？

「茹涵。」在兩人面前突然出現一道人影。

方茹涵望向前方，只見林昱澄站在林蔭道的盡頭，臉色憂愁。

葉軒豪呆望著對方，發覺方茹涵鬆開了手，失落之餘，一顆心瞬間沉入胃裡。

「你怎麼會在這裡？」方茹涵問。

「因為妳一直沒回我訊息，我昨天在路上遇到妳室友，她告訴我妳今天會到游泳館，所以我來找妳。」林昱澄走向前，側眼瞥了葉軒豪一眼。

葉軒豪注意到他的視線，察覺對方的眼神很不友善。而此時，方茹涵往前靠向林昱澄，他望著方茹涵的背影，心頭一陣涼。

「我只是來游泳館復健。」

「之前我和妳爸媽勸妳復健都沒用，沒想到妳又願意復健了，是什麼理由讓妳改變想法？」林昱澄面露微笑，但眼角卻沒有笑意。他內心急躁，彷彿有一把小提琴在心裡不停摩擦琴弦，如果當他將心裡真正想說的話吐出口，琴弦就會應聲斷裂。

「我是因為……」方茹涵頭微側，轉向葉軒豪。

「今天我們可以好好談一談嗎？」林昱澄抓住她的手，將她的注意力轉向自己。

「可是……」方茹涵看向葉軒豪，和他目光相交。

葉軒豪茫然看著她，一瞬間覺得他們之間的距離不斷被拉大。

「如果不是現在，妳什麼時候可以和我把話講開？已經過了兩年多了。」林昱澄緊握著她的手，蹙眉望著她。

方茹涵已經許久沒見過林昱澄生氣的表情，至少在她面前不曾再看過。

「軒豪，今天就先到這裡吧。謝謝你。」方茹涵對他點頭，便由林昱澄推著她離開。

葉軒豪來不及回應，只是呆望著兩人的背影。

天空中，白雲飄過太陽下，他所在之處失去陽光照耀，只剩下灰暗的陰影。

方茹涵讓林昱澄推著自己走，她不敢回頭看，一方面對於和林昱澄之間凝重的氣氛感到不安，又同時對葉軒豪感到抱歉。

「為什麼不回我訊息？」林昱澄突然開口。

方茹涵肩膀一聳，不曉得該怎麼回應。

「我很想和妳好好聊一聊，從兩年前一直如此。」

「下禮拜通識課不是也有機會聊嗎？」方茹涵堆起微笑，試圖緩和氣氛。

「妳總是逃避問題，就像現在這樣。我希望能有時間好好和妳交談。」林昱澄嘆了口氣。他把輪椅停在校舍圍牆邊，走到她面前蹲下，雙眼筆直看著她。

「逃避問題？你不也是？」

「每次我想提起那一天的事，還有我欠妳的回覆，妳總是不願意聽。」

「聽了能怎樣？你看著我的腳，你能老實回答我？我又能相信你的答案嗎？」方茹涵掀起長裙，露出小腿上的疤，陽光下腿上的疤痕格外顯眼。

「不管你的回答是什麼，我都無法感到開心。我沒辦法好好走路，而我們之間的關係也不會是一條平順的路。你懂嗎？」方茹涵的眼淚激動落下。

「那他呢？」林昱澄望著她的眼淚，憤怒的語氣瞬間癱軟，變得氣弱無力，「我多麼希望妳可以依賴我，我想要為妳做任何事，但不管我做什麼，妳只會當成是我內疚。我不知道該怎麼做才對？」

「我從來沒有後悔當初救了你。但我後悔當初對你說了那句話，如果沒有說，或許我們還能像朋友一樣。」

「妳後悔向我告白了？」林昱澄雙肩無力下垂，「妳不願意讓我幫妳，但那學弟就可以？」

方茹涵看著他，深呼吸張口欲言，但腦中一片空白，不知道自己該說什麼？

「老實說，我看著妳覺得很困惑。明明見到妳重新燃起希望、願意復健，我應該要感到開心，但我卻沒有。因為我希望是我幫助妳，不管當年妳是不是因為我受傷，我都希望幫助妳的人是我。」

方茹涵伸手輕觸他的臉頰，發覺他的身體在顫抖。她輕聲說：「我真的不知道我們該怎麼辦才好。」

「對妳來說，那學弟究竟是怎樣的存在？他是不是變得比我還重要了？」

「他也問過我類似的問題。」

「那妳回答他什麼？」林昱澄面露愁容。

「我還不知道答案。但不管他在我心中是什麼存在，你永遠都是我最重要的朋友，這件事不會改變。」方茹涵按住他的肩膀，露出寂寞的微笑。

♪

藝文中心內傳來抓馬社朗讀劇本的聲音，經過昨夜的一場大雨，氣溫驟降，夜風透過樓梯間的窗穿入，發出細微的嗡嗡聲和朗讀聲交融。

葉軒豪一步一步往上爬，側耳傾聽在朗讀聲與風聲外，另一道如呢喃般微弱的琴聲。

葉軒豪沒注意抓馬社朗誦了什麼，因為此時的鋼琴樂是和以往不一樣的樂章，是當年青年盃比賽上林昱澄沒有完成的曲目——〈月光奏鳴曲〉。這讓他感到困惑和陌生。他對林昱澄認識不深，但他明白這琴聲和平常不同。

他走到琴聲來源處，站在琴房門口窺看。如他所料，現在彈琴的人並不是林昱澄。

「你來找他的話，他今天沒來。」張亞筠將琴蓋闔上，轉頭看向他。

「他不是向來都在這裡彈琴嗎？為什麼今天沒來？」

「我講了一些讓他不開心的話。」張亞筠輕聲嘆息。

「妳說了什麼？」

「我提到不該說的事。兩年前的比賽還有愛麗絲。」

「妳是指茹涵學姊嗎？」

張亞筠對他微笑，沉默不答。葉軒豪看著她的臉，總算明白她剛才的琴聲為什麼聽起來很不甘心。

「妳後悔和他說了那些話嗎？」

張亞筠搖頭：「自從我認識他一年多以來，這是我第一次見到他生氣。他一直都在承受壓力和懊悔。而那天是我最深入他內心的一次。」

他發現她眼角帶淚，也許張亞筠比自己，還有方茹涵和林昱澄更瞭解他們始終沒有前進。是她打破僵局，讓林昱澄興起念頭想和方茹涵把話講開，瞭解兩年前的事故，還有尚未得到的答覆。

「我幾天前也看到他對她生氣。」

「結果呢？」

「在那之後我沒有遇見他們。」葉軒豪回想昨天的通識課，兩人常坐的座位空著，雙雙缺席。

張亞筠看出他的心情，站起身面向他：「你應該知道能讓他們振作的只有他們彼此，絕對不是你我，對吧？」

葉軒豪呆望著她，無從反駁。

「他恐怕不會再來這裡彈琴了，我現在只希望他能回到屬於他的路。」張亞筠拍拍葉軒豪的肩往琴房外走去。

葉軒豪抬起頭，眼前漆黑的鋼琴映入眼簾，耳邊彷彿又聽見那首林昱澄為了方茹涵彈奏的〈給愛麗絲〉。

他想起幾天前江老師向自己說的話，默默走到鋼琴前，雙手顫抖地打開琴蓋……

♪

星期三打工前，葉軒豪照例來到方茹涵的宿舍前等候。

也許她根本不在宿舍裡，已經讓林昱澄載她到遊樂園。他如此心想，不禁吃醋，因為他明白張亞筠說的道理，方茹涵和林昱澄的問題不是外人可以介入。

他打開手機查看訊息。他已經四天沒有見到她，也沒接到她的訊息。

「午安。」方茹涵從宿舍出來走向他。

「喔，好。」葉軒豪慌張點頭，收起手機。

前往遊樂園途中，天空烏雲密布，呈現如舊照片般泛黃的色澤。方茹涵坐在後座，和平常一樣抓著葉軒豪的肩膀，一路上他們沒有說話。點滴細雨落下，在柏油路上印出黑色小點。

她盯著他頭後方的髮際線發呆，這時他突然開口：「上回你們聊得還好嗎？」

「稍微把話聊開了。」

「所以妳得到他的答案了嗎？」

「沒有。」方茹涵將額頭靠在他肩上，「抱歉。」

「為什麼妳要道歉？」葉軒豪輕聲一笑，試著緩和氣氛。

「我知道你對我的心意，而且我很早就曉得你對鋼琴的陰影其實和他有關。當年你沒能好好將〈給愛麗絲〉完成，就是因為他違規彈走了你的曲子，引起騷動。那是他為了我才彈的，而你間接因為我受到影響。」

綠燈亮起，葉軒豪騎車往遊樂園的方向前進。順著風聲，方茹涵隱約聽見他低聲呢喃：「那次比賽，我沒辦法實現和外婆的約定拿到好名次，在那之後我已經兩年無法碰鋼琴，我對它產生莫名的恐懼，但是因為妳，我想起我是多麼懷念它。小時候，鋼琴在我眼中就是特別的存在。當我彈奏出一段完整的旋律，我感覺和鋼琴融為一體，好像我的脈搏和琴弦結合，每個音符就像是我和它的心跳聲。我能記起這些，是因為妳。」

正當方茹涵思考該怎麼回應他時，他們已經抵達遊樂園停車場。他將她抱下機車，讓她坐在輪椅上。

她仰頭望著他，認真注視他臉上的表情。

「走吧，快下雨了。」葉軒豪說道。

方茹涵點頭牽了一下他的手，示意讓他推自己行動。

「昨天我摸了鋼琴琴鍵，想起小時候第一次接觸鋼琴時，那種好像靜電般的感覺。」走向遊樂園的路上，葉軒豪說道。

「那是怎樣的感覺？」方茹涵問。

「滿心期待。」他隔了幾秒後回答，但他最初浮現在腦海的是剛才她牽起自己的手時，心臟顫抖的心情。

「我第一次站上舞台表演芭蕾時，也有一樣的感受。」方茹涵對他微笑。

「妳聽說柏文要參加台北盃鋼琴比賽的事嗎？」

「什麼時候？」

「春節前一週。如果妳有興趣，或許我們可以一起去幫他加油。」

「好，我和你一起去。」

本來陰暗的天空，從雲間透出金黃色的陽光，但在他們躲進售票室不久，大雨還是降了下來。雨天遊樂園人潮銳減，葉軒豪看向方茹涵微笑，或許是因為雨天的緣故，他期待的心情混雜了些許不安。

♪

連四天，雨依舊連綿不絕。晚上藝文中心和往常一樣在同個時間、同個地點傳來鋼琴聲。張亞筠坐在鋼琴前，彈奏著林昱澄總是不斷反覆詮釋的樂章。

「剛才樓下有學生說琴房鬧鬼，這傳言已經很久了？」

張亞筠聽見說話聲轉頭看，只見林昱澄一臉尷尬站在門邊。

「怎麼，看到鬼了嗎？眼睛睜好大。」林昱澄又說。

「我以為你不會來了。」張亞筠微笑。

「關於鬼的傳說，妳知道嗎？」林昱澄望著她的微笑，鬆了口氣。

「你沒聽說嗎？」

「要是知道這裡鬧鬼，我哪敢在晚上彈琴。」

張亞筠聽了不禁大笑：「他們說的鬼就是你啊。固定時間彈著一樣的曲子，大家都以為這裡鬧鬼。」

「我的鋼琴這麼像鬼音樂嗎？」林昱澄苦笑走到她身旁坐下。

「你自己聽聽看不就知道了？」張亞筠抓起他的手放在鋼琴上。

林昱澄深呼吸，雙手擺好姿勢，琴鍵冰涼的溫度傳至指尖。他閉上雙眼開始彈琴，琴房內隨即迴盪著令人熟悉的曲調和旋律，然而琴聲卻挾帶著無限的哀愁。

張亞筠坐在一旁，靜靜看著他，試圖明白每次他在彈奏〈給愛麗絲〉時，心裡究竟在想什麼？她打從兩年前在鋼琴比賽上遇到他時，就一直在思考這問題。

她偷瞧著他的臉，見他依舊閉著眼，不禁悄悄將手放在琴鍵上，靠向他。這是她和他最近的距離。

「抱歉，我上次對妳大吼了。」林昱澄突然開口。

張亞筠嚇了一跳，將手縮回鋼琴底下，轉頭發現對方正看著自己。

「我知道妳說的都對。我逃避現實太久了，妳的話讓我感覺到威脅，我無法反駁妳，所以選擇對妳發脾氣。」

「上次我說過了吧？我和你在兩年前是同一場比賽的參賽者。我會願意借你琴房也和這件事有點關聯。」

林昱澄尷尬一笑：「這麼久的事就別提了。」

「當天比賽你沒有完成你的報名曲，隔了一年又見到你，借你琴房時，我很期待可以聽到你完成那首曲子，可是這一年多來，你始終只是不停想著愛麗絲。」

「我不是不想彈別的曲子，只是指尖碰到鋼琴的瞬間，就像中邪一樣，腦裡只有那首曲的旋律。」

「怎麼可能？」張亞筠瞪大眼，面露質疑。

林昱澄點頭，手再次放回鋼琴上。他彈奏起〈月光奏鳴曲〉前奏，樂曲才開始不到一分鐘，節奏突然凌亂，幾秒後立即被〈給愛麗絲〉取代。

「好，別彈了。」張亞筠將手擋在琴鍵上，琴聲嘎然而止。

「這有點像是童話故事《紅舞鞋》的詛咒吧。」林昱澄苦笑。

「可是我們活在現實，不是童話，詛咒從來就不存在，你明白嗎？」張亞筠面色凝重看著他，「導致這情況產生的不是詛咒，而是你束縛自己了。只有當你明白問題出在哪裡時，才有辦法讓自己解脫。」

「我不曉得該怎麼做。」

「你和她好好談過了嗎？」

「談了。」林昱澄雙手顫抖放在琴鍵上，「但我還是無法正常彈琴。每碰到琴鍵，就會讓我想起她仰躺在血泊中的景象。我無法忘記是我害她被迫放棄夢想。」

張亞筠聽著他哽咽的聲音，深呼吸後說：「去參加比賽吧。」

林昱澄轉頭望向她。

「去參加比賽，把沒完成的那首曲子彈完，只有這樣才能讓你和她解脫。」

「但我要是上台，只會讓兩年前的情況再度發生。」

「她救你絕對不是希望看到你現在頹喪的一面，要怎麼克服阻礙是你該思考的問題。」

林昱澄望向窗外，雨依舊下個不停。

要等到什麼時候，雨才會停呢？他暗自心想，輕聲嘆了口氣。

♪

葉軒豪第一次陪方茹涵踏入復健科門診，空調有些強。除了他們以外，還有其他病患。有些是手臂受傷，有些則是拄拐杖來看診。門診室裡傳來小孩的哭聲，哭聲在四周迴盪。

「裡面那是上禮拜玩單槓骨折的小孩，一開始都會哭，哭一哭很快就會好了。」護理師走向他們微笑，「今天來的也是朋友嗎？」

「對。」方茹涵點頭，似乎和對方很熟。葉軒豪站在一旁，明白自己以外也有其他人陪她來，例如林昱澄。他想著便開心不起來。

「能再看到妳出現，我很放心。」護理師露出安心的笑容，「來，我們到復健室練習。」

葉軒豪跟著兩人走進復健室，裡面放了幾台跑步機，角落還有幾張鐵床，鐵床上懸掛著像是護腰的吊帶。他望著這些設施一度聯想到健身房，但看起來卻又很不相似。

「茹涵，妳來了啊。回家有好好按摩雙腳嗎？」眼前醫生站在平行槓前，向她打招呼。

「有。」

「今天再來練習吧。」醫生看向葉軒豪對他點頭示意。

葉軒豪扶著方茹涵的肩膀協助她握住平行桿。在平行桿前方放置一面全身鏡，可以幫助病患看著自己的姿勢調整動作。他透過鏡子，看見方茹涵蹙眉忍痛的表情。

「站得起來嗎？」醫生問。

方茹涵表情痛苦，雙手緊握著鐵架，手背發白。

「看樣子膝蓋還沒能完全支撐妳的身體。如果真的很難受就坐一下，等妳做好心理準備後再站起來。」醫生推著輪椅，放在她身後。

她搖頭，繼續緊握平行桿，眼角流淚。

「痛的話不要勉強，慢慢來就好。」醫生勸說。

葉軒豪看了心疼，卻無法瞭解她雙腳承受多大的痛楚。醫生像是看出他的想法，接著說：「她的右腳膝蓋和腓骨受傷，左膝蓋沒傷，可是左腳踝骨被汽車壓碎，骨頭雖然長好了，可是還需要適應和磨合。加上壓迫到神經，又隔了一陣子沒復健，所以疼痛會更劇烈。」

「究竟有多痛？」葉軒豪悄聲問。

「你不可能知道那有多痛。我聽其他類似狀況的病患跟我說，比生孩子還痛。」

葉軒豪注視著方茹涵，此時她腳邊早已累積了幾滴淚珠。

「沒辦法幫他們分擔疼痛，心裡也很痛吧。」醫生又說，「我每次看病患復健，心裡都是這麼想的。」

方茹涵練習了二十分鐘，護理師協助她坐下休息。

「今天已經做了很多，進步不少，看電視休息一會兒再練吧。」護理師打開電視，上頭正播著新聞。

「妳還好嗎？」葉軒豪問。

「就跟你說帶本書來了，晾在一旁看我復健不是很無聊嗎？」

「不會，剛才醫生在和我聊天。」

方茹涵望著他微笑，但下一秒電視新聞轉移了她的注意力。

「台北天鵝湖芭蕾舞團將於明年春季在國家戲劇院舉辦公演，團長特別推薦年僅二十歲的年輕舞者梁嘉伶擔當本次首席舞者，梁嘉伶曾獲得台灣青少年國際古典芭蕾大賽第一名的佳績，被譽為最受期待的芭蕾新星……」

葉軒豪望向方茹涵，發覺她的笑容消失了。

「妳認識她嗎？」他戰戰兢兢地問。

「我們曾經在同一間舞蹈班。」

「所以她是妳的朋友？」

方茹涵低下頭不回答問題，改口說：「我想差不多該繼續練習了。」

她關掉電視試圖站起身，但腳步不穩，上半身往前傾，好在葉軒豪趕緊抱住她，她才沒跌倒。

「我沒事。」方茹涵抬頭，對著他微笑。

葉軒豪扶著她往平行桿移動。他只能靜靜看著她的背影，感覺她身上流露出一股寂寞的氣息。他不曉得是不是錯覺，今天第二次練習，方茹涵的腳似乎更痛了，地上留下的淚珠積成小小一灘水漥。他想要透過鏡子看她是否安好，但是她低著頭，鏡子也無法反射她的臉。

「不哭、不哭。」他只能在心裡如此默唸。

結束復健，方茹涵擦乾眼淚讓葉軒豪推著她步出醫院。

「妳很快就用不著輪椅了。」護理師跟了出來，站在門口目送他們。

方茹涵只是對她微笑。

「謝謝，下次再麻煩您了。」葉軒豪代為發言。

「今天復健很累吧。」葉軒豪走向停車場時問。

「我今天不回宿舍。你能騎遠一點，送我回家嗎？」方茹涵抬頭看著他。

「喔，可以呀。」葉軒豪聽到這突然的要求，不禁略感驚訝。

傍晚天已黑，空氣飄散著雨的悶溼味，再過不久雨將降下來。

「明天星期六我到妳家接妳去遊樂園打工吧。」葉軒豪問。

從剛才上車後，方茹涵沒說半句話，這讓葉軒豪不安。

「沒關係，我哥在家，他會載我。」方茹涵低聲回答。

「喔，好。」葉軒豪尷尬一笑。

距離目的地只剩一個街口，葉軒豪心想方茹涵家不就是在林昱澄家附近嗎？光是這麼想，心裡很不是滋味。

斗大的雨滴突然落下，打在他臉頰上，不到半分鐘，雨水已經將路上的行人淋濕，兩人也不例外。

「慘了，全濕了，只差幾公尺耶。」葉軒豪埋怨。

雨聲過大，方茹涵沒聽見他的說話聲，而他也沒聽見她的。

她抱著他的肩，喃喃道：「你為什麼會喜歡像我這樣有殘缺的女生？」

葉軒豪騎車抵達方茹涵家。他停好機車，趕緊將她抱下車，躲進騎樓下。

「還好妳家很近。」葉軒豪試圖從背包裡拿出面紙，但面紙也濕透了。

「沒關係，我進家裡換衣服就好。你幫我按六樓門鈴。」方茹涵按住他的手，示意他不用找面紙了。

按下門鈴後，不久方茹涵的哥哥下樓。

「妳怎麼都濕了？」哥哥看著妹妹，目光接著瞥向葉軒豪。

「今天是他陪我復健。」方茹涵說道。

哥哥聽她這麼說，表情才轉為和善：「你就是之前陪她在游泳池復健的學弟？」

葉軒豪點頭。

「謝謝你。等等，我拿件雨衣給你。」哥哥說著準備轉身。

「沒關係，我車裡有輕便雨衣，先讓學姊上樓吧，要是感冒就不好了。」葉軒豪客氣婉拒。

「真是的，看妳濕淋淋的，突然回家也沒說一聲。」哥哥彎下腰把方茹涵揹在肩上。

「需要我幫忙把輪椅抬上去嗎？」葉軒豪問。

「沒關係，你也趕快回家洗澡吧，免得感冒。」哥哥拒絕後，轉身往樓上走。

葉軒豪只好揮手目送兩人，但方茹涵卻沒有再看他一眼。

回宿舍後，他仍舊不明白方茹涵態度變得冷淡的原因，直到隔天打工時，聽領班經理說方茹涵請病假休息，才發覺那天肯定發生了什麼事。

♪

星期一上午通識課時間，葉軒豪內心七上八下，隨著陳家帆走進教室，他往教室前方望去，卻不見方茹涵的身影，也沒見到林昱澄。

「果然發生了什麼事。」他喃喃自語。

「怎麼了嗎？」坐在他身旁的謝柏文問。

「我只是在想今天你學姊怎麼沒來？」

「學姊？你是說那位坐輪椅的學姊嗎？」陳家帆湊上前插話，「你好像最近跟她很好耶。」

「因為一起打工嘛。」葉軒豪苦笑。

「你擔心的話，我可以幫你問問她系上的朋友。」謝柏文回答。

「不過平常跟她一起上課的學長今天也沒來耶。」陳家帆說道。

葉軒豪沒回應，回想起上回復健時發生的各種細節，暗自希望兩人今天的缺席只不過是巧合。

葉軒豪上完課返回宿舍，謝柏文也在房內，見到他便告知方茹涵的近況。

「我問了系上學姊，她們說她好像是感冒，所以在家休息。」

「真的只是感冒嗎？」

「前幾天不是下大雨？聽說是淋濕了，所以感冒在家休養。」謝柏文看著他，笑嘻嘻地問，「最近和學姊發展怎樣？告白這麼久了，應該有進展吧。」

「只有停滯不前。」葉軒豪苦笑。

「那你的鋼琴教學呢？」

「大概世上沒有比我更混的老師。我只能坐在一旁看她彈琴。」

「我幾天前聽江老師說了，說她來找過你。她說如果你還想彈琴，隨時可以找她幫忙。」

「嗯，謝謝。」葉軒豪心不在焉地回答，內心始終擔心方茹涵。他那天送她回家後，便傳了封訊息給她，可是至今沒收到回信。

「如果你擔心她，怎麼不去她家找她？你上次不是送她回家了嗎？」

「她如果有事，有她的家人在，我又不是她的什麼人，突然跑去她家關心，會不會太奇怪？」

「我想他們都知道你是追求她的人，也沒什麼好奇怪吧。」

葉軒豪苦笑，突然手機傳來震動。

「是學姊打來的嗎？」謝柏文玩笑道，卻見對方眉間微蹙，面帶不安。

「對。」葉軒豪接起電話，走到寢室外。

「喂？學姊嗎？」

手機另一端傳來深呼吸的氣息聲：「我是林昱澄，你可以來茹涵家嗎？我希望你可以來幫幫她。」

葉軒豪結束通話後，匆忙騎車前往方茹涵家。他一下車，發現鐵門敞開，趕緊跑上六樓按下門鈴。

大門打開，一位看似是方茹涵母親的人出來應門。

「你是葉同學吧，快點進來。」

葉軒豪脫下鞋走進房內，聽見裡面一間房間傳來摔東西的聲響。

「他們就在那間房裡。」方媽媽在他提問前先回答。

葉軒豪緩步走向房間，看見地面上東西撒滿地，方茹涵滿面淚痕坐在床上，用手搥打雙腿，打得肌膚泛起紅暈。

林昱澄站在房間角落，注意到他出現。

「為什麼你來了？」方茹涵看見意料外的人，面露困惑，「是你找他來的？」她轉向林昱澄，表情既困惑又無助。

「發生什麼事？」

「本來她今天應該要去復健，我來找她，但她又突然拒絕復健。」林昱澄回答。

「我不想去，不管我再怎麼努力，也不可能回到舞台上了，這麼痛苦一點意義也沒有。」方茹涵低頭靠在雙膝上，不停搖頭。

「果然和上次看到的新聞有關嗎？那位參加芭蕾舞團的同學？」葉軒豪問。

方茹涵沉默不語。

「她跳舞和妳有關嗎？為什麼妳要放棄復健？」葉軒豪走向她。

「我不想讓你看到我這副模樣，可是我真的很不甘心。以前是我走在她前面，一直都是我，我才是舞蹈班裡備受期待的人，可是現在呢？我什麼都不是，芭蕾是我的夢想，而這個夢永遠只會是夢了。」她抓起藏在懷中的一雙芭蕾舞鞋，「看到她讓我好忌妒、好絕望。我不想讓你發現我是這麼地不堪。」

葉軒豪走向她，在她面前坐下。而她低下頭不看他。

「沒關係，妳會難過、會忌妒很正常。」他伸手擦了擦她臉頰上的眼淚。

她緊握著芭蕾舞鞋，不停哭泣。

林昱澄站在一旁，靜靜看著兩人，轉身離開房間。

「茹涵她好多了嗎？」方媽媽上前問。

「現在有其他人陪她，她會沒事。讓她靜一靜吧。」林昱澄離開方家，這一天，他發覺方茹涵需要的人再也不是只有自己了。

方茹涵情緒平復後，擦乾眼淚，望向手中的芭蕾舞鞋。

「出車禍那天，是我芭蕾舞比賽第一名的頒獎典禮。比賽贏了，在學校接受校內表揚。老師和同學都說我以後一定會成為芭蕾舞者，我也這麼認為。因為對我來說，沒有任何事比芭蕾更美妙了。但車禍發生後，他們再也不敢在我面前提起芭蕾。」她目光移向自己留下疤痕的雙腳。

他知道她心裡的傷比肉體痛上好幾倍。他握住她手中的芭蕾舞鞋，輕輕幫她套上，微笑看著她：「我剛認識妳的時候，不知道妳會跳芭蕾。但我很期待看到妳的各種姿態，就算不能跳芭蕾，還有別的舞，我們可以找更多其他的路，而我相信妳會看起來和以前跳芭蕾時一樣美麗，甚至更美。」

「你自己的問題都處理不了了，怎麼有心情管我？」方茹涵望著他，好不容易停止哭泣，眼眶瞬間又濕了。

「因為我已經決定和妳一起前進，不管需要多少時間我都會陪妳。我會為了妳好好練琴。」

她將頭靠在他的肩膀上，小聲問：「沒有你，我該怎麼辦才好？」

他輕摸她的頭說：「我會陪妳，只要妳需要我，我都會在。」

葉軒豪離開方茹涵家返回宿舍時，房間只剩下一盞燈，室友都睡了，唯獨謝柏文的桌燈還亮著，但人卻不在書桌前。此時上鋪傳來細碎的聲響。

「一切沒事吧？」謝柏文探頭問。

葉軒豪明白謝柏文是刻意留了一盞燈給自己。他用手掌抹了抹臉，爬上自己的床躺下，兩人頭對頭悄聲交談。

「她遇到瓶頸，所以林昱澄打電話找我過去。」

「他竟然會找你。」

「他用了學姊的手機打給我。」

「所以你們解決她的瓶頸了嗎？」

「我不確定，但學姊向我保證，她會再繼續復健。」

「那不是很好？」

「我也答應她，在她努力復健時，我也會努力練琴。還說了一些很難為情的話。」葉軒豪用手臂遮住自己的臉，光是回想就令他雙頰發燙。

「什麼樣的話？說說看，讓我幫你鑑定。」謝柏文竊笑。

「屁啦！誰要告訴你。」葉軒豪閉上眼睛深呼吸，「你可以給我江老師的電話嗎？上次你給我的名片我不曉得收到哪裡去了。」

「當然可以。」謝柏文會心一笑。

凌晨零時三十分，林昱澄躺在床上翻來覆去。他戴上耳機，聽著音樂自手機裡流洩而出，柴可夫斯基的〈船歌〉伴著窗外雨聲，輕柔地在漆黑的房間裡迴盪，但他依舊無法入睡。

他不曉得方茹涵最後如何平復心情。晚上十點多，他才接到方媽媽的電話，她告訴他那位學弟已經回家，而方茹涵的情緒平靜了，同時也感謝他的幫忙。

他覺得困惑，因為實際上自己什麼忙也沒幫上。是那位學弟，是葉軒豪幫她收拾破碎的心。他一直以為如果她的心和雙腳是因為自己才受傷，那麼能替她撫平傷痛的人也只有自己。然而今天卻證實了他的想法是錯誤的。

她並沒有因為受困在輪椅上而永遠只屬於他一人。

「你為什麼要折磨我？你為什麼要用放棄鋼琴來讓我難受？受傷的是我的腳，不是你的手啊。」當他試圖安慰她時，她抱著那雙染上些許鮮血的芭蕾舞鞋，對他咆哮。他別無選擇，偷偷拿了她的手機打給葉軒豪。

他一想起當時的情景便輾轉難眠，突然手機發出亮光。他起身拿起桌上的手機，上面顯示著方茹涵的訊息：「抱歉我太衝動罵你，我知道你只是想要幫我。我想我還沒學會接受現實，而我真心希望你可以繼續彈琴」

他盯著手機螢幕，直到螢幕自動變暗。他閉上眼睛，她就睡在樓下和自己同一個位置，然而卻好像各自身處在銀河兩端。

他漸漸瞭解，在兩年前那場車禍結束後，他們一直保持著表面的友好，努力勾著斷裂的懸崖邊緣，問題始終被擱置從未得到解決，鬆開手，他就要不停往下墜落。

「要怎麼克服阻礙是你該思考的問題。」張亞筠的聲音自記憶浮上腦海。

第六章、兩個月光

星期五下午，葉軒豪騎機車來到位於市區一間小學附近。此時還未到放學時間，四周寧靜，還可依稀聽見朗朗讀書聲。他把車停好，走到學校對街。各式補習班林立，他對於補習的記憶很少，對他來說，學鋼琴不像其他孩子去補數學、英文那樣沉重。他喜歡鋼琴，所以感受不同。

他瞥了一眼紙條上的地址，走進眼前的音樂教室，隨即聽見清澈的鋼琴聲。櫃台服務員看到他，馬上起身。

「請問……」櫃台服務員話還未說完，江老師從一旁小教室走出來，見到他隨即停下腳步。

「軒豪，你怎麼來了？」昔日的鋼琴老師看著他瞪大眼。

「我本來是想打電話找老師，但聽說老師現在在這裡上課。」

「我結婚後就搬來台北了。」江老師對他微笑，「你找我有什麼事？」

「是老師教會我鋼琴，我一直很感激。和老師上次說的一樣，我不該拒絕幫助。我想再來學琴。」

江老師會心一笑，揮了揮手要他隨自己進教室。

葉軒豪踏進教室裡，嗅到一股過去在鋼琴教室裡常聞到木頭香，小時候他對鋼琴不熟悉，不曉得鋼琴內部的構造是用木頭做成的。想到此不禁深呼吸，感受鋼琴的香味。

「坐下吧。」江老師拉開椅子。

他坐在鋼琴前，盯著眼前黑白交錯的琴鍵，臉頰上寒毛豎起。

「空調會太冷嗎？」江老師注意到他的異狀又問。

他搖頭。他知道他身上起雞皮疙瘩和室溫沒有半點關係。

「你說你對鋼琴感到恐懼，那我們先從簡單的開始吧。」江老師翻開琴架上的琴譜，雙手放在鋼琴上，彈了一小段。

「蕭邦的〈夜曲〉曲調很緩慢，這首對你來說應該不會太難。」江老師望向他。

葉軒豪深呼吸將手放在琴鍵上。他上次也曾嘗試碰觸鋼琴，這麼簡單的樂章，自己應該辦得到。他想著，將手放上去。

他不用看琴譜，這首曲在小學練習時早已深印腦海。他閉上眼試圖讓自己放鬆，手指落下的瞬間，琴鍵發出清脆聲響，但冰涼的觸感沿著指尖竄入神經。他感覺胃在膨脹，好像有股逆流將衝出喉嚨。

他試著彈下一個音，但指尖顫抖不聽使喚。他很害怕，不曉得該怎麼做才好，他不敢聽自己彈了什麼，耳朵彷彿罩上一層膜。他覺得自己很糟糕，這聽起來不像是一首鋼琴曲。

「我辦不到。我想我的技巧連初階的〈夜曲〉也彈不好。」他放下手搖了搖頭。

「別傻了，你從上小學前就跟我學了，彈了十年，怎麼可能沒有技巧？」江老師抓住他的手放回鋼琴上，輕哼旋律，要他繼續彈。

葉軒豪深呼吸重新彈起前面三個音，但到此為止他已經無法再碰觸下一個琴鍵。他的腦海浮現一張張紅色絨布椅，上頭坐著身穿禮服的男女，他們的頭是一顆顆巨大西瓜，戲謔的模樣就像在嘲笑他。

「繼續彈。」江老師命令。隨後他感覺自己的手肘被撐起，向上浮空。指尖離開琴鍵後，他腦海中的幻象換成白霧，一個個消散不見，只剩下一片黑。他的手再次恢復自由，彈著沒有琴聲的琴鍵。江老師隨著他的節奏將整首〈夜曲〉哼完。

「你明白了吧。你需要的不是我，該有的技巧你已經具備了。」江老師看著他淺淺一笑，「也許你該從更簡單的樂章開始。柏文說過了，你們學校通識課期末必須表演，對吧？你就用這首曲練習。」江老師將手放上琴鍵。

葉軒豪聽著熟悉的旋律，不禁失笑：「老師，妳在開玩笑吧。」

「我沒有開玩笑，這首曲再怎麼說也是名曲唷。」江老師說著，修長的指尖繼續彈奏。

♪

晚上張亞筠結束鋼琴社社課，學弟妹向她揮手道別。她獨留在教室負責收拾，確認遺落的物品。她自願收拾，最大的理由就是為了可以單獨留在教室。她走向窗邊打開窗，夜風冰涼地撲面而來，她將頭探出窗外，試著側耳傾聽樓上的鋼琴聲，然而今天什麼聲音也沒有。

「難道他今天沒借琴房練琴嗎？」她喃喃自語，望著窗外的校園輕聲嘆氣。

「社課已經結束了？」

她身後傳來說話聲，讓她吃了一驚，不小心撞到上頭的窗框。

「妳沒事吧？」林昱澄看著她，不禁笑出聲。

「有什麼好笑。」張亞筠面露氣惱，輕揉著額頭，「你今天怎麼沒在樓上彈琴？」

「我今天沒借琴房，只是想趁鋼琴社社課結束後過來看看。」

「如你所見，只不過是普通的琴房，和你平常借的沒什麼兩樣。」張亞筠攤開雙手比向一旁的鋼琴。

「我來當然不是為了參觀教室。」林昱澄苦笑，「平常妳不是老愛邀請我加入鋼琴社嗎？我是想來聽聽看妳的琴。」

「聽我的琴？」張亞筠面露困惑。

「每次都是妳在偷聽我演奏，該換我聽聽看妳的了吧？」他靠向一旁的三角鋼琴。

「可以是可以啦。」張亞筠走到鋼琴前拉開椅子坐下，光是林昱澄突然出現就讓她夠驚奇了，現在又要求聽自己演奏。

「你想要我彈什麼？」她轉過頭問。

「什麼都好。」林昱澄望著她微笑。

她深呼吸將雙手放在琴鍵上，第一次這麼緊張，心臟怦怦跳。她張開手指，指尖滑過琴鍵，輕柔的樂音迴盪在空氣中。微風吹入教室，風聲和琴聲交纏，她的手臂不曉得是因為緊張還是冷空氣而起了雞皮疙瘩。

音樂進行到快板，她的指尖快速在琴鍵上彈跳，肩膀隨之左右搖晃，髮絲落在臉頰旁輕微搖曳。林昱澄盯著她的雙手，聽了旋律隨即明白這是什麼曲子。他學會鋼琴一年後便曾練過這首曲。

「這是李斯特的〈愛之夢〉吧？」演奏結束後，林昱澄問。

「你一定也學過了。」張亞筠轉身看他，難得露出青澀的表情。

「妳彈得很好聽，和妳給人的印象很相近。」

張亞筠笑出聲：「第一次有人這麼說，我還以為我會像是莫札特的〈土耳其進行曲〉，聽起來很吵鬧的那一型人。」

「〈土耳其進行曲〉……是像這樣嗎？」林昱澄在她身旁坐下，將手放在琴鍵上。

張亞筠認真注視他的雙手，修長的指尖在琴鍵上輕盈跳躍，速度很快，指尖像是輕輕撓搔琴鍵一般。

難道他已經好了？她這麼想的同時，林昱澄面有難色，在樂章重複的段落突然落了一拍，節奏和旋律完全變了樣，曲調轉為低沉。她隨即聽出林昱澄已經將曲子換成憂傷的〈給愛麗絲〉。

張亞筠將雙手放在琴鍵上，阻擋林昱澄彈奏，繼續將剛才未完的〈土耳其進行曲〉接下去完成。

「果然光吃藥還是沒有辦法改善嗎？」林昱澄面露苦澀。

「吃藥？你去看過醫生了？」

「嗯，我想了很久，認為是該求助精神治療的時候，但醫生說了，他只能給我開藥減輕病症，我可能因為過去的陰影患了強迫症。如果想要治好病，最好的辦法還是靠自己面對病症產生的原因。」他張開手掌，凝視雙手，「我這些天練了很久，試著在碰觸琴鍵時，不要回想當年車禍的景

象，但這對我來說好困難，好像有一股無形的力量催促我一定要彈奏〈給愛麗絲〉，不然她就會不安全。」

「她是指方茹涵吧。事故發生已經過了兩年，她不會有事，就像現在，我想她正待在宿舍裡，一切安全。」

「那天也像是今天一樣，每天都是如此，看起來平靜的一天。她那天才開開心心接受學校表揚，隔天醫生就告訴她不能跳舞了。妳不會懂，妳沒有看過我當時見到的景象。她就躺在血泊裡，雙腳血肉模糊，我看見白色物體穿過她的小腿，我不敢想像那究竟是什麼。」林昱澄用雙手摀住臉。

「所以呢，你想要放棄嗎？」張亞筠看著他，輕聲嘆息。

「沒有，我聽了妳的話，報名了台北盃鋼琴大賽。」他背向她把眼角的淚水抹去。

「但那場比賽不是只剩不到兩個月？你報了什麼曲目？」

「〈月光奏鳴曲〉，兩年前沒完成的曲子，我終究該把它完成。」林昱澄對她虛弱一笑。

張亞筠望著他，對於他願意踏出一步感到欣喜的同時，卻又擔心要是這場比賽再次失誤，林昱澄將會一蹶不振，甚至會出現第二個葉軒豪。

該怎麼做才能讓他澈底克服『愛麗絲』的障礙呢？她不禁思考。

♪

星期天下午，復健科門診內傳來清脆的鋼琴聲。護理師小心看護著幾位練習站立行走的病患，而方茹涵也是其中一位。

「很好，今天膝蓋比較直，看來漸漸可以支撐身體的重量了。」護理師對著方茹涵拍拍手。方茹涵微笑抬起頭望向站在角落靜靜注視自己的林昱澄，而他對她招了招手。

「我什麼時候可以練習用拐杖站立？」方茹涵問。

「別心急，等妳的腳步更穩的時候，我們就可以進行下一段練習。」護理師輕拍她的肩退到一旁。

「為什麼今天會有音樂？」林昱澄指向一旁的音響，對著走向自己的護理師問道。

「那是上回茹涵她學弟建議的，他說音樂可以幫她放鬆心情，而且其他病患也同意。」護理師轉頭望向方茹涵，輕聲嘆息，「她知道自己不能再像以前跳芭蕾了，所以復健對她內心的壓力很大，讓她產生抗拒。」

「嗯。」林昱澄點頭，無法再多說什麼，對於葉軒豪一點一點滲入他們的生活讓他很不是滋味。

「這麼有前途的女孩怎麼會遇到這種事。雖然說她還可以站起來，但終究無法回復到事故前的狀態吧。」護理師忍不住搖頭，不知道當時方茹涵是為了救林昱澄才受傷。

「今天看起來進步很多呢。」醫生走進復健室，對方茹涵微笑。方茹涵過去有太多次復健缺席的紀錄，因此復健門診的醫生和護理師對她總是特別關注。

「對不起，我上次約了門診卻沒來。」方茹涵收起雀躍的笑容，難為情地說。

「沒什麼，只是我們大家都很期待看到妳可以完全不靠輔助站起來的那一天。可別讓我們失望。」

復健結束後，林昱澄開車載她離開醫院。

「明天放假妳不回家嗎？」林昱澄在她繫好安全帶時問。

「不了，我明天有約，還是回宿舍吧。」

林昱澄心想方茹涵該不會是要去見葉軒豪吧？但他沒勇氣問。

「我聽我媽說，她最近又聽見你彈琴。我很高興你又繼續彈琴了。」

「我也聽說妳在學琴，怎麼突然想學鋼琴？」

「不算突然，已經是很久之前的事了。」

「我現在才知道。」林昱澄望著前方，表情嚴肅。

「我想這件事沒有很重要，就沒提了。」方茹涵別過頭看向窗戶。她曉得他在生氣，但說不出口自己為什麼不願意讓他知道自己在學琴。

在抵達學校宿舍前，他們沒有再交談。

「等一下你開車在人行道旁暫停，我自己回宿舍就行了。」方茹涵眼見學校大門就在眼前，開口說道。

「沒關係，還是讓我送妳進去吧。」

「你開車麻煩，我可以自己進去。」

林昱澄嘆氣。他知道如果再和她爭論，最後兩人只會吵架，甚至惹她哭。他在路邊停靠，將她從副駕駛座上抱出來，放在輪椅上。

方茹涵隔著車窗對林昱澄揮了揮手，隨後轉身往校門前進。林昱澄看著她的身影沒入校門內，輕聲嘆氣後開車離去。

為什麼又把氣氛搞僵了？方茹涵想著剛才林昱澄無奈的笑容，繼續往宿舍前進。在她準備進入宿舍時，突然有人叫住她。

「妳就是方茹涵吧？」

她轉過頭看，張亞筠從對面的小路走過來。她面露疑惑，因為對方知道她，但她卻不認識對方。

「請問有什麼事？」方茹涵客氣問道。

「我是鋼琴社副社長，有件事想拜託妳協助。」張亞筠走向她，面露笑容。

「鋼琴社怎麼會找我？」

張亞筠表情轉為苦澀，搓揉指尖：「實際上我是為了林昱澄想找妳商量。」

方茹涵盯著她，雙眼圓睜。

♪

葉軒豪待在宿舍準備必修的報告資料，隨著晚餐時間結束，室友一一返回寢室。

「你今天打工休息嗎？」室友驚訝地看著他。

「沒有。」他苦笑。

「看他的表情應該是約會被取消，才不是打工休息。」另一名室友笑道。

「什麼約會，連女朋友都沒有，哪來的約會。」葉軒豪低頭翻看訊息。

「今天突然有私事，鋼琴課先暫停一次吧」方茹涵中午傳了訊息給他。

似乎是沒什麼大不了的事，但葉軒豪會這麼煩躁，原因是今天是星期二，兩人相約練琴的時間。他心情煩，離開座位拿起外套。

「軒豪，出門喔？」室友又問。

「對。」

「那可以順便幫我買顆茶葉蛋回來嗎？」

葉軒豪點頭急忙跑出宿舍外。

林昱澄自從上次和張亞筠表明自己決心參賽後，兩人開始會在星期二晚上一起練琴。

林昱澄走上樓抵達琴房，琴房內傳來熟悉的樂章，那是他小學時經常練習的曲目——德布西的〈棕髮少女〉。琴聲聽起來很生澀，節奏和拍子忽快忽慢。

難不成是？他心想著急步走進教室，窗簾被風吹得鼓脹，遮蓋了琴聲和人影。他走到鋼琴旁撥開窗簾，和演奏者四目相交。

「果然是妳。」林昱澄望著方茹涵輕聲嘆氣。

「我聽說你要參加比賽，這件事不方便告訴我嗎？」方茹涵停止演奏，轉頭看向他。

林昱澄將手放在鋼琴上，鋼琴冰冷的溫度將手溫帶走。他凝視著鋼琴黑色鏡面中的倒影，喃喃自語：「我沒辦法告訴妳，因為我不確定能不能完成表演。」

「為什麼你覺得無法完成？」方茹涵蹙眉盯著他看。

「那是因為……」林昱澄不敢面對她。

要怎麼告訴她，自從那場車禍後我便再也無法正常彈琴了？林昱澄苦惱，遲遲無法回應。

「那你現在彈給我聽。」方茹涵將手覆蓋在他手背上。

林昱澄被她嚇了一跳，望著她不曉得該怎麼拒絕。

「有什麼原因不方便彈給我聽嗎？」她面露憂愁。

他深呼吸在她身旁坐下，將雙手擺上琴鍵，感覺她的目光聚焦在自己手上。

他私底下和張亞筠練習了十幾次鋼琴，然而只要他選擇〈給愛麗絲〉以外的樂章，便不曾一次順利完成。今天方茹涵就坐在自己身旁，他的問題能夠獲得解決嗎？還是該選擇隱瞞，如果彈了那首曲，她絕對不會發現問題。他思考著，指尖輕踏琴鍵，前奏響起，方茹涵隨即握住他的手臂。

「不要彈〈給愛麗絲〉，彈別的好嗎？」方茹涵的眼神看起來更加悲傷。

林昱澄發覺她似乎知道自己這兩年來從不在她面前彈琴的理由，他深呼吸期盼這次能好好控制自己的雙手。

〈月光奏鳴曲〉前兩段重複的小節響起，然而下一段節奏卻亂了順序，聽起來已經不像是原本的旋律。他指尖顫抖、汗水從額頭滑落，拍子忽快忽慢，好像混雜著兩首不同的琴譜，最後整首曲

完全洗牌，只剩下〈給愛麗絲〉的旋律。

「別再彈了，我知道、我懂了。」方茹涵握住他的手，用力搖頭。

林昱澄縮回手，手和身體不停顫抖。

「從什麼時候開始的？難道是車禍之後嗎？」方茹涵盯著他的雙眼。

「我不曉得該怎麼告訴妳。妳為了我犧牲芭蕾，但我除了〈給愛麗絲〉之外，什麼曲子都彈不了。」林昱澄垂下頭雙手緊掐膝蓋，眼淚滑落，「在妳出事後，我好像漸漸忘記該怎麼彈鋼琴，只要碰觸琴鍵，腦海中都是〈給愛麗絲〉的旋律。如果不這麼做，就會看見妳當時躺在血泊的模樣，而我什麼忙也幫不上……」

「我就在這裡，我很安全，不用害怕。」方茹涵抱住他，輕拍他的背。

「我真的很不安，妳不在家裡的時候，我總是忍不住擔心妳安不安全？」林昱澄緊抓著她的手臂，面露無助。

方茹涵抱著他輕聲安撫。她發現這些日子自己一直錯怪他。

「我錯了，不該怪你。我救了你的同時，卻讓你背負這麼大的痛苦。」她深呼吸，捧著他的臉：「聽好了，同樣的事故不會再發生，我會好好復健、好好站起來，你別擔心。」

林昱澄握著她的手，讓臉緊貼在她溫熱的掌心，啜泣道：「對不起，真的很對不起，本來是我想保護妳、該是我保護妳和妳的夢想，結果卻讓妳受傷……」

方茹涵抱著他的脖子，在他耳邊輕聲說：「我也一樣，我想保護你，還有你的鋼琴，如果今天我們立場對調，你也會願意為我受傷，而我也會為你感到不安。所以這件事就算我們扯平了，好嗎？在比賽之前，讓我們一起努力吧。」

「對不起、我真的對不起妳……」林昱澄抱著她啜泣。

晚上十點多，葉軒豪返回宿舍，室友躺在床上玩電腦，突然見他進房放了顆茶葉蛋在桌上。

「你回來了呀，是去墾丁買茶葉蛋了嗎？消失好久。」室友爬下床準備吃消夜。

「嗯，我累了，先上床睡覺。」葉軒豪冷淡回應，爬上床拉起棉被倒頭就睡。

「喂，柏文，你知道他發生什麼事了嗎？」室友察覺他表情不對勁，悄悄問。

謝柏文抬頭看向對方，搖了搖頭。

葉軒豪忽視寢室裡的細語聲，蜷曲在被窩裡回想著剛才在琴房所見的景象。

「是我找方茹涵來的，我知道你想幫她，但我也希望能將他從折磨中解脫，而她是拯救他不可或缺的人。」張亞筠遇見他時這麼說。

葉軒豪整夜輾轉難眠，睡夢中難得夢見兩年前過世的外婆。

他夢見小學參加鋼琴比賽，那天外婆特地從南部北上看他表演。他和其他參賽者站在頒獎台上，他們都是這次入圍的參賽者。

「現在進行第三十一屆北區低年級組鋼琴賽決選頒獎典禮，叫到參賽編號的參賽者請往前。9號、17號、24號……」

他一直等，等到最後一個號碼喊出那一刻。

「請各位鼓掌。」司儀拍手慶賀。

現場響起掌聲，他呆愣在原地，站在他左右兩邊的人都被叫到號碼往前站，而他沒有，只能傻傻望著前方的人燦爛微笑。

「我再也不彈鋼琴了。」他走下台見到外婆，開口第一句就是這句話。他一邊哭一邊擦眼淚。

「這裡人這麼多，哭什麼！你是男生，怎麼可以隨便哭？」他父親不喜歡小孩在公共場合哭，忍不住責備。

「我討厭鋼琴。」越是被罵，他哭鬧得越大聲。

「你這小孩真是……」父親見岳母在也不敢修理他。

「你之前不是吵著要學鋼琴嗎？」面對父親責備的眼神，母親也不禁蹙眉。

他還小不懂得怎麼收拾心情，內心受挫只是一直哭。

這時外婆蹲下來牽起他的手：「你真的要放棄鋼琴嗎？再也不彈了？」

他哭著點頭。

「你是很幸福的孩子，可以有很多選擇，這條路不喜歡可以再換。可是如果你不努力嘗試越過這次的阻礙，以後你遇到困難就會築起一道牆，久了牆變多了就再也找不到出路。因為喜歡，所以才會感到難過、才會討厭失敗。」外婆擦去他眼角的淚水，「還不可以放棄，知道了嗎？」

還不能放棄，但我不知道自己該怎麼做才好？他在心中喃喃道。

「只要自己不會後悔、明白自己在做什麼，這樣就夠了。」外婆摸摸他的頭。

最後這句話並不存在於記憶裡，就像是外婆在和現在的他對話。

星期三晚上，方茹涵躺在床鋪上舉起手發呆。在她的左手掌心上留下了奇異筆字跡，歪歪曲曲寫著26這個數字。

室友正在趕報告，開著小檯燈，轉頭看向她問：「妳的手有什麼東西這麼好看嗎？」

「沒什麼。」她搖頭把掌心闔上。

「什麼事這麼神祕？」室友喃喃唸著，轉身繼續努力趕報告。

方茹涵拉起棉被閉眼回想26的由來——

中午暖陽下，方茹涵待在宿舍外等人，今天葉軒豪不像先前提前抵達等候。她撥開被風吹亂的髮絲，想起昨天放了他鴿子，心感不安。

她撥開髮絲，看見他從對街走來。他看到她，加快腳步前進。

「抱歉，我剛才先去辦事，晚來了。妳等很久了嗎？」葉軒豪微笑，看起來和往常一樣。

方茹涵搖頭，鬆了口氣，兩人一齊前往停車場。

♪

「醫生說再練習幾次我就可以改拿拐杖走路。」方茹涵趁打工空閒時，看向他說道。

「那表示妳進步得很快。」他對她微笑，可是卻心不在焉。

天色從紅橙色轉為紫色，晚風自售票口前方半月形的小洞灌入，讓她覺得手冷。

「昨天晚上，我夢見外婆參加我小學鋼琴比賽。」葉軒豪突然開口，他雙手捧著臉頰，眼神直盯著遠方，眉頭蹙起面露煩惱，「那場比賽我輸了，下台後對著家人鬧脾氣。她告訴我不可以放棄，如果喜歡就該盡全力。」

方茹涵看向他，仔細聽他說話。

葉軒豪轉身面向她，握住她的手，拿出奇異筆在她的掌心上寫下26這個數字。方茹涵盯著手上的數字，抬眼望著他。

他表情青澀，搔著脖子：「今天是台北盃鋼琴比賽報名截止日，我上午騎車到主辦單位親自交了報名表。這是我的報名編號。我喜歡鋼琴，逃避了兩年，但我還是喜歡它。而我也喜歡妳，所以我希望妳不要忘記這數字。我知道學長也報名了，在比賽當天妳會願意也幫我加油嗎？我希望妳在比賽結束後可以告訴我妳還沒給我的答案。」

她心想，她已經答應在比賽前會陪林昱澄好好練琴，這段期間，她能夠和葉軒豪相處的時間勢必會減少，而她也希望能幫助他克服障礙，此時她不明白自己最想幫助的究竟是誰？

「真是兩難。」室友突然開口，打斷方茹涵的思考。

「什麼事情兩難？」方茹涵睜開眼望向對方。

「要選擇睡覺，還是乖乖完成報告，冬天的氣溫太讓人入眠了。」室友高舉雙手伸懶腰。

「哪有什麼難抉擇的？妳要是早點注意報告期限就不必熬夜了。」

「也對，如果知道報告要寫滿十頁，我就不會拖這麼晚才做。應該早點搞清楚才對。」

「嗯，是該早點明白。」方茹涵輕聲回應，不禁繼續盯著掌心看。

♪

「期中考結束三週，我想差不多可以安排期末表演的日程。這堂課有五十位同學選修，就依照點名順序排序表演吧。等一下助教發下名單，請大家依照日期表演，輪到自己的那天可不要缺席，不然要扣期末考成績。」古典樂通識課上老師說著，並將投影畫面轉到學期評量表格。

葉軒豪望著投影屏幕，露出漫不經心的表情。

「慘了，我直笛還沒練好。」陳家帆直呼。

「你不是期中考前才說回家拿直笛來宿舍練嗎？」謝柏文隔著葉軒豪問。

「拜託，就是帶到宿舍才沒辦法練啊，就算室友不在意，隔壁鄰居還會來敲門。」陳家帆抱怨，見一旁葉軒豪夾在他們之間卻什麼話也沒說，用手肘敲了敲他的手臂，「你呢？練好〈快樂頌〉了嗎？」

「嗯？」葉軒豪回神，手中的筆滾落在地。

「老師剛才在提期末表演，要是硬著頭皮上場，被別人錄影上傳到網路就糗斃了。」陳家帆彎腰替他將筆撿起，「你決定好要表演什麼了吧？」

「想好了。」葉軒豪目光瞥向坐在下排的方茹涵。看到她和林昱澄並肩坐在一起，不禁難受。

「太好了，從四年級開始，我們是最後才要表演。」陳家帆接過前排傳來的表演名單，忍不住歡呼。

「請大家好好準備，那麼今天課就到這裡結束。」老師關掉投影機，學生紛紛起身準備離開。

「走了，等等民法要考試。」陳家帆輕拍葉軒豪的肩。

「是今天？」葉軒豪驚呼站起身。

「當然，你最近怎麼老在發呆？」

「有嗎？」葉軒豪抓了抓頭傻笑。

「我們先走囉。」陳家帆向謝柏文揮手後離開。

謝柏文目送兩人，注意到葉軒豪離開教室前又瞥了一眼被林昱澄推出教室的方茹涵。他低頭看向表演名單，恰好葉軒豪排在一年級頭，竟和林昱澄同週表演。

「他會沒事吧。」謝柏文喃喃自語。

「我已經好幾週晚上看見你待在寢室，果然發生了什麼事，對吧？」晚上葉軒豪回宿舍時，謝柏文向他問道。

「我覺得我要完蛋了。」葉軒豪坐下，趴倒在書桌上。

「你沒有繼續和學姊的鋼琴教室嗎？」

「還有，只是變少了，大概兩週一次。」

「學姊要專心復健，這也是沒辦法的事。」

「並不是這樣，她要陪林昱澄練琴。」他嘆氣。

「是為了比賽吧。那你呢？你不也是參加了？」謝柏文撐著下巴，面露擔憂。

「你知道了？」

謝柏文握住葉軒豪的手，拿出奇異筆，在掌心上寫下17。葉軒豪看對方這熟悉的舉動，雙頰不禁漲紅。

「當然，我和學姊有相同的課，看見她掌心上的數字，問了她便說你有報名比賽。」謝柏文噗哧一笑。

「知道就直說嘛。幹嘛模仿我。」葉軒豪知道方茹涵將這件事告訴謝柏文，不由得難為情。

「只是提醒你，我也是參賽者。如果你需要幫忙可以找我，這也是學姊吩咐我的。」謝柏文微笑，「就算她沒說，我也願意幫你。」

「謝謝，但你之前不是說很忙，所以拒絕教學姊鋼琴嘛，怎麼有空教我？」

「知道你喜歡學姊，我又怎麼好意思和她一對一教學？」

葉軒豪尷尬搔著後腦勺，面露懊惱：「我覺得我遇到瓶頸了。我去找過江老師，她試著幫我克服障礙，我也確實比較能接觸鋼琴了，但上回我不小心吐在她的鋼琴上，也不好意思一直打攪她幫忙。你可不可以協助我練習？」

「是可以啦，不過我必須要求你練習前不要吃太飽。」

「我知道，鋼琴沾上八寶粥也不好清洗。」葉軒豪苦笑，「其實我之前看到你彈琴的模樣一直很忌妒你，因為我沒有辦法像你一樣自在地彈琴。現在想想，覺得很抱歉。」

「有什麼好道歉？」謝柏文嘴角上揚，「我認為忌妒並不是什麼負面的情緒，你只是希望讓自己變得更好罷了。」

葉軒豪把臉埋在手臂裡，喃喃唸道：「謝謝你。」

♪

公寓陰暗的樓梯間，只有小小一盞黃燈，林昱澄扶著方茹涵走下樓。

「回去的路上要小心，注意安全喔。」林媽媽站在樓上揮手說道。

「好，我知道了。林媽媽再見。」方茹涵抬頭揮手道別。

林昱澄送她坐上副駕駛座，他坐好後望向方茹涵：「既然都回家了，怎麼不乾脆待一晚？妳家不就在我家樓下。」

「明天早上要打工，所以還是先回學校吧。」

「我也可以載妳去，畢竟妳是特地來陪我練琴。」

方茹涵微笑搖頭：「有人會載我去，沒關係。」

「看來妳好像很期待明天。」林昱澄硬是擠出微笑。他知道明天是星期六，方茹涵一整天都會和「那位學弟」在一起。

「我有嗎？」方茹涵臉頰泛紅，摸了摸瀏海。

林昱澄微笑，輕聲嘆氣：「我們認識有多久了？」

「從我有記憶以來，你就在了。」

「有十七年了。我們三歲就認識。」林昱澄盯著眼前的紅綠燈，此時路上的車流量很少，車內只有兩人的交談聲，兩旁的路燈在柏油路上灑下白色光暈。

「十七年，好像只有一瞬間。」

「我們現在二十歲，十七年幾乎是一輩子了。不是家人，但卻相處這麼長一段時間。我大半的記憶裡，都有妳。」

方茹涵靜默。她本想問能不能打開收音機，但現在的氣氛似乎不適合。

林昱澄把車開到學校宿舍前，方茹涵打開車門，而他幫她將在後座的拐杖拿出來。她現在已經可以只靠拐杖行走。

「我自己進去就可以了。」方茹涵對他微笑，轉身準備要走時，林昱澄卻握住她的手臂。

「比賽結束後，妳可以再說一次當年妳告訴我的祕密嗎？這次我希望我有機會回答妳。」他望著她的眼睛，表情認真。他們相距一步之遙，她彷彿可以聽見他的心跳聲。

「好，我答應你。」方茹涵對他點頭。

她走進宿舍，轉身對他揮揮手，卻忘記要微笑。

林昱澄開車返家。他經過書房，走進房內，鋼琴蓋已經闔上。剛才他們還一起坐在這裡彈琴。他知道她平安才能擺脫陰影的束縛，專心彈琴。雖然他的症狀還沒完全消失，但有她在心裡很平靜。

「如果妳不在，我還能好好彈琴嗎？」林昱澄喃喃自語，坐在鋼琴前，雙手撫過琴蓋，趴在上頭。

他閉上眼睛，回想高一某天夏日的放學時間。音樂老師希望他擔任校慶伴奏，所以讓他在表演教室彈琴練習。

教室裡只開了一盞燈，窗外陽光照進室內，細小塵埃在餘暉中反射閃爍，一部分的陽光落在琴鍵上，曬得指尖發燙，留下刺刺癢癢的觸感。

地板的木頭香混著濕氣味，他的指尖在琴鍵上跳躍，趁著老師不在，他偷偷彈著最近迷上的樂曲。

清脆的聲響在教室迴盪，身體忍不住隨著手的跳躍搖擺。他覺得自己彷彿在撫摸著鋼琴的脈搏，曲子到了快板的段落，節奏急速加快，好似觸及鋼琴的心臟。

接近曲末，他的指尖不停交錯落下，雙臂上下跳躍，額頭冒出汗水，他感覺琴聲鼓動著心臟瓣膜。當琴聲完全消失後，他擦拭汗水，滿足地微笑。

「再彈一次給我聽好嗎？」

他聽見說話聲，轉頭看，只見方茹涵站在門邊手提著一雙芭蕾舞鞋。

「妳又不知道我在彈什麼。」林昱澄看見她出現，不由得微笑。

「我當然知道，不就是蕭邦的〈練習曲〉嗎？」她得意一笑，脫下布鞋踮著腳尖快步在木地板上滑行到他眼前。

「那妳說是〈練習曲〉的第幾個作品、第幾號樂章呀？」

她聽見他這麼問，嘴角像新月般向上翹起。

「我想是作品10的第4號樂章。」她雙腳交叉站立，雙臂交抱，露出裝模作樣的表情，一雙大眼跟著笑彎。

「可是我彈的是李斯特的〈鐘〉耶。」林昱澄噗哧一笑。

「那你幹嘛還問我是第幾樂章啊？」方茹涵鼓起臉頰，伸手輕推他的肩膀，「你再彈一次，好不好？」

他微笑，這樣的互動已經不是第一次。他喜歡彈琴，讓她猜猜是什麼曲子。他雙手放在琴鍵上，指尖輕盈跳躍、撓搔。他感覺琴鍵上自己殘留的溫度，還有她站在身旁微笑的臉蛋。

他的指尖在琴鍵上跳舞，透過鋼琴漆黑的琴身，他看見倒影中的她正把芭蕾舞鞋套上，開始翩翩起舞。她雙腳拉得筆直，腳步輕盈，幾乎沒有半點聲響，潔白的雙臂如天鵝的翅膀般上下舞動，裙襬隨之劃出完整而美麗的圓弧。

「怎麼不彈了？」她踮腳尖看他。他這才發現自己的心已不在鋼琴上了，雙手早就停擺，凝視她的舞姿。

「為了看清楚妳在我背後做什麼小動作呀。」林昱澄故作冷靜，笑著說。

「我是用腳跳舞，你是用手，快點彈，我要趁現在練習旋轉。」

他笑出聲，雙手繼續在鋼琴上舞動，而她在身後旋轉，影子緊貼腳底，隨著她兜圈。這一刻，他覺得是自己的琴弦勾動她的腳尖跳躍，他的鋼琴是為她而存在。

「如果妳不在我身邊，我還能繼續彈琴嗎？」他重回現實喃喃自語，掀開琴蓋，將手輕輕放在琴鍵上。

♪

早晨氣溫帶著涼意，葉軒豪站在女生宿舍外，戴著耳機，輕柔的鋼琴聲傳來，他的指尖不由得在大腿上輕輕跳躍。江老師吩咐他必須讓手指習慣彈琴的動作，不一定要真的碰觸鋼琴，但必須讓自己大半的時間想著琴，如此一來或許就能減輕恐懼。

「到了比賽現場我能正常彈琴嗎？」他喃喃自語，突然一雙手推向他的背。

「哇！嚇到了吧？」方茹涵的聲音傳來。

他吃驚轉身，見她拄著拐杖站在背後。

「等一下！」方茹涵急忙叫道，手緊抓著他的外套，隨即腳邊發出鏘鋃的清脆聲響。他發現她沒抓穩拐杖，所以才緊抓著自己保持平衡。

「抓緊我，我幫妳撿。」他彎下腰將拐杖拾起，「沒事不要惡作劇，很危險。」

方茹涵接過拐杖對他微笑：「你忘記我是學姊嗎？竟然教訓我。」

「對，是個頑劣的學姊。」葉軒豪盯著她看，一想到她擺脫輪椅的那一刻是林昱澄陪著她，內心興起不滿。

「那我今天再送你一顆氣球賠罪？你說過喜歡氣球吧。」

「當時是因為妳送我，所以……」他臉頰發燙，不願意繼續說。

方茹涵看著他，露出滿面笑意。

「怎麼笑得這麼開心？」

「我剛才注意到你在偷偷練琴，比賽當天可以好好表現吧？」

葉軒豪知道自己的小動作被察覺，不禁尷尬一笑。

「林昱澄學長呢？妳不是陪他練習？」

方茹涵眼神動搖，只是微微點頭。

「那不是很好嗎？妳也想再看到他彈琴吧。」葉軒豪察覺她的表情不自然，平靜回答。

「我也還記得你是26號，沒能陪你練習覺得過意不去。」

「現在冬天快到了，游泳池很冷，這也沒辦法。」葉軒豪開玩笑，緩和氣氛。

「明明是你要教我鋼琴，而我讓你免費吃冰淇淋耶。」方茹涵對他回以微笑。

「我可是一口冰也沒吃。」

「但我是認真想聽你彈琴。」

葉軒豪望向她，試圖理解她的話有沒有任何弦外之音，但她只是微笑，什麼也看不出來。

「我已經可以雙腳著地了，就只差你練好伴奏曲囉。」方茹涵甜甜一笑。

他看著她，心想彈完伴奏之後，他們之間還會有續曲嗎？

「你的手機響了。」方茹涵說道，他才回神發現背包在震動。

他接起電話，是母親的來電，他聽著母親的話，簡單應了幾聲，但表情卻漸漸沉重。

「怎麼了嗎？」方茹涵靠向他問。

「我外婆的家找到買主了，我媽要我下禮拜回外婆家看最後一眼。」他望向她，眼眶泛紅。

隔週星期六一大早，早班的高鐵站人潮還不算多。葉軒豪望向窗外，心想自己多久沒回外婆家了，過去返回高雄外婆家的懷念心情在外婆過世後，漸漸被空虛和不安渲染。

「你還好嗎？」方茹涵坐在他隔壁，輕拍他手臂。

「我反倒是擔心跟我們調班的同學和阿姨處得不好。」葉軒豪苦笑。

他不想單獨回外婆家，在得知外婆家要售出了，心慌之下脫口邀方茹涵一起返回高雄，而她也答應了。於是兩人向經理請假調班，一起前往葉軒豪高雄的外婆家。

「為什麼你母親不跟你一起回去呢？」方茹涵問。

「她上週已經回去一次，我想有些記憶對她來說是很私人的東西。不方便我和我姊在場。」

「你多久沒回外婆家了？」

「兩年。那次比賽結束不久，我回去過一趟，那是我最後一次回去。」

方茹涵見他雙肩下垂，露出寂寞的表情，隨即伸手握住他的手背。

葉軒豪瞬間心臟停了一拍，但不敢回頭看她。等到比賽結束之後，就會知道答案了，他暗自說服自己。

♪

抵達高雄，兩人轉車前往葉軒豪的外婆家。外婆家位於一間幾十年的老舊公寓，向公寓管理員說明來歷後，兩人搭電梯上樓。從電梯到外婆家門口，一切仍保留得和兩年前一樣。葉軒豪明白這是他最後一次來外婆家了，他試著將眼前所見全數烙印在腦海。

他拿出鑰匙轉開大門，房內霉味很重。他聞不到外婆的香水味，過去的氣味幾乎完全消失。眼前大半的家具已經被搬走，在灰色的磁磚地上留下灰塵的印記。他走進外婆的房間，老舊的梳妝台還留著，打開抽屜，裡面已經被清空。

「以前外婆很愛漂亮，常常花上整整一小時坐在梳妝台前，把臉擦得很白，那些粉還有特別的香味。」葉軒豪輕撫過梳妝台台面。

方茹涵跟在他身旁，靜靜聽他說話。

「從小對外婆的印象就是這座梳妝台。每次要找外婆討吃的都會來這裡，看見她坐在梳妝台前。」

他們走出房外，來到廚房，廚房流理台積了不少灰塵，水龍頭打開沒有水，而架上結滿了蜘蛛網。原本的櫥櫃和冰箱也已經不在。

「家具都已經搬走了？」方茹涵問。

「因為已經使用很久，所以新屋主先清空了一些。」葉軒豪說著，突然腦海閃過一幅畫面，快步衝進小舅舅的房間。

「不見了、不見了。」葉軒豪蹲坐在地，摸著頭喃喃自語。

「什麼東西不見？」

「原本在這裡的鋼琴不見了。」

「會不會是親戚帶走了？」方茹涵問。

葉軒豪趕緊打電話給小舅舅，但對方卻說並沒有把鋼琴帶走。他隨後打給母親詢問。

「鋼琴？那架鋼琴已經好幾個琴鍵壞了，我兄弟也沒人家裡放得下，可能是新屋主處理掉了。」

「妳怎麼沒先跟我說？壞掉可以修，而且我的房間還可以放呀。」

「要放，你就要睡在鋼琴上了。更何況你不是不彈琴了嗎？」母親語帶困惑。

「好吧，我知道了。」葉軒豪道別後結束通話。

「軒豪，既然新屋主買下沒多久，或許打給環保局還可以找到。」方茹涵輕拍他的肩。

兩人打了許多通電話，總算找到鋼琴最後被送往哪裡。

當他們抵達回收場時，天色已暗。管理員好心打開鐵門，讓兩人進去。回收場內堆滿了各式廢棄家具，床具、衣櫥、書桌……而葉軒豪尋找的那架漆黑直立式鋼琴就被棄置在中央、被四周散置的床墊掩蓋。

葉軒豪上前，將床墊推開，鋼琴椅已經和鋼琴分離，他只好拉了把舊椅子坐下。而方茹涵也陪在他身旁。

他打開琴蓋，雙手放在琴鍵上，上頭染上了些許灰塵，但他不在意。

輕壓琴鍵，如羽毛般輕柔的音符響起，四周光線只有遠處的路燈，其餘光芒自上空月彎投射而下。當他的指尖輕輕劃過琴鍵，圓弧的旋律在回收場內迴盪，悠長、略帶悲傷的曲調，雖然琴的音階失準，有些音甚至發不出來，但卻可以深深感受到葉軒豪緬懷過去的濃烈愁緒。這是他外婆最喜歡的一首曲——德布西的〈月光〉。

外頭交通的喧囂聲絲毫不影響他，不少經過的路人忍不住向內張望。

到了中段，曲調漸漸加快，他的指尖掙脫過去的束縛，在琴鍵上疾馳，隨後曲調轉緩，整首曲子的旋律散發著深深思念，直到最後反覆的旋律終止後，他才結束了整首演奏。

方茹涵望向琴鍵，發現幾滴落下的淚珠，不禁緩緩站起身扶著他的肩抱住他，輕撫他的頭。他靠在她懷中，忍不住嚎啕大哭。

「我相信你的演奏外婆都已經聽見了。」方茹涵柔聲安撫。

方茹涵的舉動讓他想起外婆，現在想見但再也見不到了，惆悵的情緒不斷膨脹。他哭到喉嚨啞了才漸漸將兩年來悲傷的眼淚釋放殆盡。

他擦乾淚水抬頭看向方茹涵，不禁面露抱歉。

「我們把這架鋼琴搬回去，好嗎？」方茹涵對他微笑。

「可是帶回去也沒地方放。」

方茹涵握住他的手：「既然對你來說那架鋼琴這麼重要，就放我家吧。你想來隨時歡迎。」

葉軒豪愣了幾秒，微笑垂下頭輕靠在她腰間，低聲道：「謝謝妳。」

♪

寒假前最後一堂古典樂通識課，窗外冷風從縫隙竄入教室。

「今天好冷，為什麼還有這麼多人來上課？」陳家帆坐在葉軒豪身旁，將直笛組裝起來。

「因為出席率也在成績評量裡呀。」謝柏文回應。

「軒豪，你今天該不會是忘記帶直笛吧？要不我借你，衛生紙擦一擦應該還好。」陳家帆用手肘輕推對方的手臂。

「沒關係，我今天不用直笛。」

「不用直笛？難道你要唱聲樂？」陳家帆蹙眉。

葉軒豪只是笑而不答。

「今天是最後一堂課，有誰要先上台？」上課時間到，老師直接提問。

陳家帆眼尖，發現謝柏文正要舉手，趕緊站起身。

老師點頭請他到台前，他一臉緊張拍拍葉軒豪的肩，拿著直笛走上台。他深吸氣，和原先計畫不同，他選了一首簡單的流行曲，雖然沒特別的技巧，也沒失誤。

「咦？不是〈小蜜蜂〉？」謝柏文低聲說道。但坐在一旁的葉軒豪卻沒有回應。他現在正緊張得無心思注意其他事。

「謝謝這位同學的表演，請下一位自願者上台。」老師面向方茹涵微笑。

葉軒豪看著她拄拐杖站起身，目光緊張地追著她看。

「你學姊上台了。」陳家帆對謝柏文說。謝柏文只是點頭，但不禁偷瞄葉軒豪的表情。

葉軒豪確實教過方茹涵鋼琴，但自從方茹涵知道林昱澄對鋼琴有障礙後，他已經許久沒聽她彈琴，也不清楚她會選擇什麼曲目。

助教上前幫她將椅子拉開，並把拐杖放置好。發覺下一位上場的人許久尚未表演，四周的學生不免將視線遠離下一科考試課本，抬頭多瞥了她一眼。

而林昱澄坐在前排，認真注視著她將雙手放在鋼琴上。她輕咳一聲，動作生澀，一雙細白的手在琴鍵上落下後，清脆的聲音響起。

——「這首曲是……」

在她開始她的表演後，不僅葉軒豪和林昱澄，每個人一聽見這首旋律，隨即將目光緊追向她的雙手。

「那不是晚上琴房的鬼鋼琴嗎？」台下同學們相互低聲交談。

葉軒豪專心看著方茹涵，此時她彈奏的就是林昱澄經常在琴房裡演奏的〈給愛麗絲〉變調曲。她還只是個初學者，論及技巧雖然遠比不上林昱澄，但她投入的感情使旋律變得悠長而陰鬱。台下已經沒有半個學生低下頭，每個人全神貫注凝視著她。

正當葉軒豪聽著這首模仿林昱澄版本的〈給愛麗絲〉時，發覺旋律和節奏起了變化，後半段低沉壓迫的旋律轉換成快板，並在迴旋反覆的段落時，整首曲調不再只有悲傷，反而多了釋懷而明朗的氛圍。

方茹涵以坐姿轉身向台下同學點頭，同學們面露驚奇大聲鼓掌。

「這是她自己詮釋的〈給愛麗絲〉吧。」

葉軒豪身後傳來熟悉的聲音，他轉頭看，發現張亞筠就坐在後排。她食指比在嘴前，示意他別說話。

「下一個換誰上場？」老師聽完方茹涵的演奏，露出滿意的微笑。

謝柏文推了推葉軒豪的肩膀，試圖讓他趕在林昱澄之前完成演奏，但下一秒前排已經發出移動椅子的聲響。

「老師，我可以自願先表演嗎？」林昱澄說道。

葉軒豪盯著對方走上台。他並沒有特別預想是否該在林昱澄之前表演，然而當他見對方先一步上台後，兩年前的恐懼又突然哽在喉嚨，呼吸難受。

林昱澄上台，和方茹涵擦身而過，他們彼此同時停留了兩秒。葉軒豪看著兩人，但他卻無暇思考他們究竟在說什麼。

張亞筠突然伸手搭在他肩上，輕聲問：「你應該不會也選了〈給愛麗絲〉吧？」

當他疑惑張亞筠這句話是什麼意思時，和剛才相同的旋律再次響起，台下同學竊竊私語。此時的狀況就和當年葉軒豪的境遇不謀而合。

難道他還沒克服當年的陰影，依舊被過去和學姊的約定束縛嗎？葉軒豪心想，但隨著樂章的進行，他發現事實和所想相異，這首〈給愛麗絲〉已經不再帶有過多的悲傷，聽起來更加清朗、明亮，還蘊含著深切的愛慕，就像過去貝多芬寫給愛人的思慕之情，但旋律中仍挾帶著沉鬱的思緒，纏繞在整首曲調中。然而任誰都感覺得出來他的技巧高超，完全凌駕在方茹涵之上。

張亞筠專注地望著林昱澄，臉上浮現寂寞的笑容，她對他的心意也釋然了。

曲終，林昱澄依舊低著頭，直到如雷的掌聲響起，他才緩緩起身向台下敬禮。

「真可怕，從沒聽過這樣的鋼琴，真的和垃圾車是同一首曲子嗎？」就連對音樂無過多研究的陳家帆也不禁驚嘆。

「很好，兩首雖然是一樣的樂章，但是表現技巧和詮釋方式也可以營造出全然不同的曲風。我想作為最後一堂古典樂入門，兩位同學的表演是非常棒的教材。」老師鼓掌望向林昱澄和方茹涵，「還剩下五位同學，誰要自願先上場？」

聽過林昱澄的演奏，沒人敢起身接在對方後頭獻醜。謝柏文心想是否該換自己先上場時，葉軒豪握緊拳頭站起身，使他不由得露出掛心的表情瞥向對方。

「同學要自願嗎？」老師向葉軒豪微笑。他點頭，以緊張發麻的雙腳走上台。

他拉開椅凳的同時，眼神瞥向方茹涵，見她微笑望著自己，不自覺臉頰發燙。他試著不去注意林昱澄此刻是什麼表情。

他深呼吸，準備將手放置琴鍵上時，台下恰巧有人咳嗽，打斷他的專注力。他的胃部開始陣陣翻攪，兩年前的恐懼在腦海中隱隱作祟。過了許久，即便他已經釋懷思念外婆的悲傷，但他尚未學會克服舞台上的恐懼和壓力。

「同學，怎麼了嗎？」老師發覺他的異狀上前問。

他茫然望向老師，卻不知道該怎麼處理眼前的狀況。他聽見台下同學開始討論他究竟要不要表演，轉頭一看，如同纏身他許久的噩夢般，每個同學戴上了滑稽的西瓜頭。這奇異的幻覺使他發毛。

當他面露驚慌時，斜前方傳來指尖敲擊桌面的聲響，他轉頭一看，在場所有人當中唯獨方茹涵沒陷入他的噩夢。她神情堅定望著他，用唇形說：「我在聽。」

這句無聲的話使他瞬間回神，台下已經看不到任何一顆西瓜，剛才所見全是假象。他深呼吸，

雙手落在琴鍵上，鋼琴飄出清澈的樂音，前奏一出，教室傳來爆笑聲。

「什麼啊，原來是〈小星星〉。」台下同學交頭接耳，老師輕咳一聲，說話聲才變小。

葉軒豪不去注意他們說了什麼，專注地彈琴。他現在只是想替方茹涵演奏，就像那晚在回收場的演奏一樣。

林昱澄面露疑惑。他不清楚葉軒豪因為自己而遭遇挫折，心想既然是能站上青年盃舞台的人，怎麼可能選童謠表演？然而坐在一旁的方茹涵卻一臉正經凝望著葉軒豪的雙手。她明白要他重新在眾人面前表演，這已經是他傾注全力的第一步。

「他真的要表演這首曲？」陳家帆小聲疑問，但謝柏文只是用指尖輕敲桌面，他這些天陪葉軒豪練習許久，明白這一刻很重要，是對方重新拿回自信、跨越障礙的機會。

在富有童趣的節奏之後，停頓一拍，取而代之的是快板變奏，葉軒豪的指尖急速在琴鍵上彈跳，手指互相追趕。在場對古典樂有些許研究的人都明白，他此刻表演的並非是單純的兒歌，而是莫札特的〈小星星變奏曲〉，全曲共有十二次變奏，這首曲技巧重點在於雙手的協調和節奏感，以及手指靈活度。

葉軒豪全神貫注，細心感受和鋼琴融合的心境，讓指尖不再受過去陰霾影響，他像是手指的傀儡師，操縱雙手在琴鍵上快速奔跑，或跳或走。到了後半段，他彷彿身處在真空的空間裡，只有他、鋼琴和方茹涵在。他臉上漸漸浮現微笑，認真投入琴聲之中，手指輕快彈跳，完成最後一段快板變奏，結束表演。

在同學的掌聲中，他轉頭望向方茹涵，兩人相視而笑。坐在方茹涵身旁的林昱澄也注意到兩人間微妙的互動。

通識課結束後，林昱澄扶著方茹涵起身，兩人準備離開教室。林昱澄沉默不語，但方茹涵也沒發覺他的異狀，笑著閒談剛才的表演。在兩人前腳跨出教室那刻，老師突然上前叫住林昱澄。

「沒關係，我可以自己去教室上課。」方茹涵微笑，輕拍林昱澄的肩膀後離去。

林昱澄心不在焉地點頭，目送方茹涵。他不曉得老師叫住自己有什麼用意。

「林同學，你兩年前是不是參加了青年盃鋼琴賽？你的技巧讓我想起當年一位違規的參賽學生。」老師微笑望著他。

「我想妳說的人就是我。老師當年也在場嗎？」他面露困惑回問。

「對，我是當年的評審之一。你在那之後不再參賽，說真的大家都很好奇為什麼你消失了。不論比賽規定，當時所有評審一致認可你是參賽者中技巧最高的學生。」

「因為某些因素，所以我後來不再參賽了。」林昱澄表情苦澀。

「我在你們學校擔任客座講師，但實際上是藝大音樂科的教授，我在想你如果有心想要繼續朝鋼琴的路前進，我可以幫你推薦。」老師抄了一張紙條交到他手中，「如果有意願就打電話給我吧。現在重新開始還不嫌晚。」

另一邊葉軒豪和謝柏文等人下課後走出教室，陳家帆不時對他開玩笑，對於他過去學鋼琴的經歷一無所知，一聽到謝柏文替他特別指導也吵著要學琴。

「你想學當然也可以，但要先學會看懂樂譜。」謝柏文笑著回應。

「樂譜不就只有八個音，DoReMiFaSoLaTiDo而已呀，有什麼好難的？」陳家帆反駁。

「那我問你，你剛才唸的最後一個高音Do是從哪裡來的？你知道C大調、降記號、升記號嗎？」葉軒豪吐槽。完成了這次期末表演，他此刻已經卸下大半的恐懼，心情愉悅。

這時三人並肩走在走廊上，準備前往樓梯時，卻見前門方茹涵正巧也走出教室。

「我們先走囉。」謝柏文也注意到方茹涵，快步拉著陳家帆的手離開。

方茹涵背對他們緩步移動雙腳，沒注意葉軒豪還在。他腳步輕快，小跑步來到她身後，輕拍她的肩。

「原來你在。」方茹涵轉頭見到他，臉上隨即浮現微笑。

「我彈得好嗎？」他笑嘻嘻地問，完成演奏，使他忍不住討讚賞，更重要的是，他是彈給方茹涵聽的。

「很可愛呀。」方茹涵噗哧一笑。她第一次看到他這樣開心的表情。

「很可愛是彈得好的意思嗎？」葉軒豪蹙眉，不禁在意她的用詞。

方茹涵靠向牆邊，將身體重心壓在牆上，放好拐杖以便空出手。葉軒豪看著她，不懂她想做什麼，只見她從背包裡挖出一個綁著小吊環的玻璃罐，玻璃罐的大小約小指大，裡面還裝著一根小釘子。

「我跟你說過，我把過去裝在腳上的鋼釘全留下了吧？裡面這支釘子也曾經是我的一部分，給你當作護身符。」她把玻璃罐放在他手中。

他拿起吊環仔細觀看，沒想到收到的禮物會是一根鋼釘。雖然有些古怪，但意義深重。

「謝謝妳。」他露出感謝的微笑。此刻，他手中的這根釘子已經將方茹涵緊緊釘在他的心頭上，他覺得不論方茹涵在比賽後給自己什麼答覆，他不會後悔向她告白。

♪

一月中旬，寒假第一週，方茹涵已經回到家準備陪林昱澄進行比賽前最後一次練習。他家就在樓上，練習很方便，而這次方茹涵邀他來自己家。

她坐在房間裡面向漆黑的直立式鋼琴，這架鋼琴是葉軒豪寄放在她家的。她從小練芭蕾，為了在家練習，所以她的房間設計得很寬敞，正好可以放下葉軒豪的鋼琴。

她輕聲哼著歌，指尖在琴鍵上跳躍，壞掉的琴鍵和琴弦已經修理好，音準也正常。

「妳在哼〈小星星〉嗎？」林昱澄出現在她的房門口。

她回神停止哼歌，慌張站起身，差一點沒站穩，林昱澄見狀趕緊上前攙扶。

「這架鋼琴是二手的？」林昱澄望向眼前的鋼琴，伸手輕彈了幾個音。

「是一位朋友寄放的。」方茹涵回答，同時不禁猶豫是否該告訴他鋼琴的來歷。

林昱澄點頭沒再多問，抬頭注意到鋼琴上方擺放的桌曆，在明天比賽的日期上寫了25、26兩個數字。他知道那代表著自己和葉軒豪。過去比賽時，他從未注意過對方，至今兩人也沒多少交流。兩人都是透過方茹涵才知道對方的存在，如今又再次並列參賽。他想到此心裡有種難以形容的微妙心境。

「我還沒問過妳，期末表演為什麼選了〈給愛麗絲〉？」

方茹涵愣了一會兒，低下頭搖晃著雙腳，微笑道：「一直以來都是你替我演奏〈給愛麗絲〉，對吧？我只是想告訴你，我也可以彈奏出自己的〈給愛麗絲〉，你不必擔心我了，我可以好好照顧自己。」她望向小腿上的疤，揚起頭對他微笑。

林昱澄見到她獨立樂觀的一面，安心的同時，內心卻湧上一股酸楚。他已經漸漸釋懷當年目睹方茹涵受傷的恐懼，但依舊無法放下對她的掛念。

「放心，我沒事。」方茹涵伸出食指輕戳林昱澄的額頭。她沒告訴他當天彈奏〈給愛麗絲〉不只是給他和自己，同時也是為了葉軒豪而彈。

「那天最後一堂課，老師把我留下來後，她說自己是兩年前那場比賽的評審，問我有沒有興趣轉去藝大的音樂系。」

方茹涵睜大眼，面露吃驚：「那你的決定呢？」

「我還沒想好，但我爸媽不反對，讓我自己決定。」他輕聲嘆氣，指尖輕觸琴鍵，回想童年時踏上音樂之路，不就是他的夢想嗎？如今走回原路卻又是那麼不確定。他已經比別人晚了幾年，現在所學的科系也不討厭，但卻非他所想要的。然而更重要的是，如果真的進了藝大，他必須和方茹涵分開在不同學校。

「那不是很好嗎？連老師都想挖腳你到藝大了。」方茹涵輕拍他的肩。

林昱澄望向她，想起藝大也曾經是方茹涵高中時的夢想。他可以拋下她，自己走向嚮往已久的夢土嗎？他後悔沒有考慮到她的心情便脫口而出。

「我不知道該不該去，在那裡沒有妳。沒有妳，我的鋼琴該為誰而彈？」林昱澄面露茫然。

「你的鋼琴並不是為了我才學的吧。」方茹涵面向鋼琴，撫過略微泛黃的琴鍵，「打從我認識你的第一天，你不是就已經在彈琴了嗎？你的手是為了鋼琴而存在，不是為我。」她抓起他的手，輕捏指尖，「我知道就算我沒陪在你身旁，你也會很好。你不用再替我演奏了，為你自己存在就好。」

林昱澄在她鬆開指尖的同時，感覺臉頰一陣麻，鼻頭微酸。他看向她，深呼吸後微笑：「我明白了。」

♪

台北盃鋼琴比賽現場，報到時間開始前半小時已經集滿人潮。線上公告參賽者總共二十六名，葉軒豪正好是最後一位報名參賽。在場參賽者身穿西裝和小洋裝出席，葉軒豪也穿上了黑色西裝。他站在人群中，四處張望，試圖尋找林昱澄和方茹涵的身影。

「啊，軒豪你來啦。」張亞筠從人群中竄出，小跑步走向他。

他微笑摸了摸脖子。眼前張亞筠將長髮燙捲，身穿紅色露肩禮服，在冬日顯得有些寒冷，而她腳上穿著黑色布鞋，搭配奇特。

「我腳上這雙鞋子之後會換成高跟鞋。」張亞筠猜到他的想法，拉高裙襬抬起右腳。

「學姊是幾號出場？」

「10號。你如果想找方茹涵，他們已經在場內了。」她噗哧一笑。

「那學姊呢？妳怎麼不進去？」

「我想在外面吹點風再進去。」她的笑容變得不自然，「你進去吧。」

「學姊今天很漂亮，祝妳比賽順利。」他微笑後轉身離去。

張亞筠沒回答，低頭看著自己的雙腳。

「軒豪！」謝柏文朝他揮手，而方茹涵和林昱澄也站在一旁。

葉軒豪見到林昱澄不禁尷尬。他和對方沒見過幾次面，而且他也明白林昱澄喜歡方茹涵。方茹涵見他遲遲不上前，單手拄著拐杖對他揮揮手。她身穿著白色小洋裝和黑色絲襪，將腳上的疤藏起來。

葉軒豪硬著頭皮上前，笑容僵硬。他看見身穿灰色西裝的林昱澄站在方茹涵身旁，心裡覺得他們看起來很相配，不禁發悶。

「今天可以好好表現吧？」方茹涵關心道。

「放心，我已經準備好了。」他想起兩人之間的約定，心感不安。比賽結束後，他們的關係會不會改變？比起比賽結果，他更在乎的是她的回答。

「報到時間開始，請參賽者排隊報到。」工作人員的聲音打斷他們的對話。

「軒豪，我們趕快去報到吧。」謝柏文拉著他離開。

「那我也先去報到了。」林昱澄向方茹涵點點頭，緩步走在人群後方。他排入隊伍裡，發現張亞筠也在其中，快步上前。

「妳來了啊。剛才都沒見到妳。」林昱澄站在她身後說。

張亞筠轉身見到他露出吃驚的表情。

「喔，我剛才站在外頭吹風，裡面空氣有點悶。」她微笑，下意識撥弄頭髮。

「麻煩請往前。」前方工作人員招手，兩人停止交談。

張亞筠完成報到準備離開前，耳邊傳來林昱澄的聲音：「10號加油，我會看妳的表演。」

她轉頭對他微笑，小跑步離開。

報到完成後，所有參賽者統一前往準備室就座等候，有些人看見林昱澄，認出他是當年青年盃引發意外插曲的參賽者，不禁竊竊私語。和青年盃相比，這次的比賽不分年齡，五十多歲至國小生都有，參賽者年齡分布極廣。

比賽分成上下兩場，13號以前在上半場，全數演奏結束，由國內知名交響樂團演出後才會公布評審結果。

葉軒豪排在林昱澄的座位旁，不禁聯想起當年青年盃比賽也是相同的情況，然而這次對方不再像上次一樣情緒不定，而是露出堅定的神采。兩人再次並列，不自覺心情複雜。

接近中午十二點，上半場尾聲，參賽編號10號的張亞筠穿上黑色高跟鞋走上台，換上正式打扮，使她散發出和平時相異的氣質，看起來既高雅又迷人。

她謙恭地向著台下觀眾敬禮，抬頭的瞬間，目光和攝影機交會，俐落地轉身走向鋼琴。林昱澄專心注視她的演出，聽見她的琴聲時，不由得會心一笑。

午休過後，下半場表演緊接著展開。上半場參賽者已退出準備室，準備室裡瞬間空了一半。過了近半天的等待時間，尚未出場的參賽者中午也不敢吃太多，每個人認真注視前方螢幕，等候上場。

「17號，請準備。」工作人員叫號。

葉軒豪抬頭張望，看見謝柏文起身對他揮手，隨即轉身準備上場。

上一位參賽者表演結束後，謝柏文穿著一襲白色西裝，對台下開朗一笑，揮了揮手。觀眾見他異於其他人鞠躬敬禮的表現，不禁笑出聲，但他也不甚在意，走到鋼琴前坐下，臉上的表情瞬間像是換了一個人。他收起微笑，雙手落下的同時，場內也倏地收起嘻笑的氣氛。

謝柏文選擇了蕭邦第66號作品〈幻想即興曲〉，低音起頭隨即勾起眾人注目，他的雙手飛快在琴鍵上滑動，指尖奔走的速度愈來愈快，他過於專注地吐舌，在加快節奏的段落時不時抬高身體。除了鋼琴和雙手的節奏外，他沒注意自己的表情，全神貫注於琴鍵。中段降d大調，旋律轉為輕柔悠揚、如夢似幻，到了後半段，反覆前段快板的節奏，旋律迴旋，指尖飛快跳躍。

當時看似生澀的謝柏文，今日站上比賽舞台或許會成為黑馬。葉軒豪不禁由衷替對方感到開心。

謝柏文結束表演，揮手走下台。他來到觀眾區，發現坐在人群中的方茹涵，興奮上前坐在她身旁。

「學姊要替誰加油？」他少根筋地問。

「傻小子，管這麼多。」方茹涵用力捏了他的肩膀，要他少多嘴。

「24號，請準備。」工作人員將倒數第三位參賽者叫出場。此時準備室只剩下葉軒豪和林昱澄兩人。葉軒豪專心望著前方螢幕，假裝沒注意到這件事，內心卻莫名慌張。以兩人相互面識的狀態來說，似乎該開口說些什麼，但腦中卻一片空白。

他認真思考，他們的關係很微妙，彼此互相認識，卻不曾交談過幾次。兩年前那場比賽將彼此的命運相互纏繞，如今又因方茹涵重新相連。

葉軒豪盯著23號參賽者離開舞台，按捺不住尷尬，正當他思考該說些什麼時，對方卻先開口了。

「你學鋼琴學多久？」林昱澄突然搭話，讓他嚇了一跳。

「從六歲開始學，中間空了一段時間。」他苦笑。

「我是三歲。」

葉軒豪聽了對方的回答，心想該不會是想較勁？但對方又接著說：「謝謝你陪茹涵復健，她現在好多了。我想這可能是因為她認識你才有所改變。」

「沒有她，我今天也不會坐在這裡。」葉軒豪摸了摸胸口。

「我學鋼琴時，大概和我認識她的時間一樣長。」對方突然轉換話題。

葉軒豪不曉得該怎麼回應，他認識方茹涵甚至不滿半年。

「你為什麼喜歡她？」林昱澄直截了斷地問。

「嗯？」葉軒豪沒想到對方會在此時拋出這樣的問題，就連他也不曾思考過。他望向自己的手低聲回答：「她就像是我鋼琴上的倒影，從她身上看見自己。」

林昱澄望著前方連線表演現場的電視螢幕，螢幕上參賽者已經結束表演。

兩人恢復沉默，但不像之前那般尷尬，反而內心平靜許多。他們已經沉澱了兩年的時間，彼此都明白這場比賽的重要性，也懂得該怎麼重新面對自己。

「我想兩年前，我欠你一個道歉。」林昱澄又開口。

「道歉？」

「因為我突發的表演影響你的演出了。你和我表演了相同的曲目〈給愛麗絲〉，如果我沒有做出意料外的演奏引發騷動，也許你可以獲得更好的名次。」

「那件事已經過去。經過那次比賽，我想我現在更喜歡鋼琴了。」葉軒豪搖頭，露出微笑。

「25號，請預備等候上台。」工作人員叫號。

林昱澄起身準備出場，再踏出準備室前一刻，他停下腳步開口：「我會好好加油，所以也請你加油。」

「我會的。」葉軒豪微笑，忽然間兩年前那股沉重的壓力和陰影煙消雲散。他知道自己已經準備好，沒有什麼好擔心。

林昱澄離開準備室走上台，一踏上舞台，他看向台下，昏暗的觀眾席上坐滿參賽者和觀賽的群眾，評審坐在前排認真注視著他。

他站在舞台中央，彎腰敬禮。他明白，這次他不會再失誤了。

另一邊，葉軒豪坐在準備室望向螢幕，輕柔、和緩的旋律響起。那是兩年前林昱澄沒能完成的〈月光奏鳴曲〉。第一樂章陰鬱的節奏在準備室內迴盪，迴旋反覆的旋律不斷勾人心弦，在場觀眾屏氣凝神、全神貫注仔細傾聽。樂音在短篇幅的第二樂章轉換成輕快的節奏，就像是撥雲見日一般，平靜而優美。然而到了重點的第三樂章，激烈的快板帶動全曲高潮，激情豪情猛烈地鼓動著人心。林昱澄的雙手不停在琴鍵上來回跳躍，整個人如同駕馭著眼前漆黑的駿馬，不顧前方路途險峻，逆風疾馳。音符瞬間如潑墨般噴灑向觀眾台，眾人無不震懾。

葉軒豪光是坐在準備室，眼前勢如破竹般澎拜的情緒透過螢幕傳了過來。他明白林昱澄確實不是一般的鋼琴手，能有如此高超的詮釋技巧，旋律、節拍搭配得綿密而扎實，若在當年林昱澄依照規定表演了這首報名曲目，能獲得第一的人毫無疑問，除了對方不會有第二人。

林昱澄結束演奏，在他放下雙手的同時，表演廳內傳來如雷般的掌聲。他起身敬禮，胸口還因剛才激昂的情緒上下起伏。兩年前他未完的曲目終在這一天完成了，臉上不由得露出寬心平靜的微笑。方茹涵坐在台下，見他達到如此絕妙的境界，感動得輕擦眼角。

「26號，準備囉。」工作人員走進準備室呼喚。

葉軒豪深呼吸走出準備室，輕拍胸口穩定情緒。他走上舞台，台上燈光刺眼得讓他雙眼微瞇，腳底下光滑的木地板走起路來有些不踏實。他深呼吸站在舞台前方，黑暗的觀眾席中隱約瞥見台下一雙手高高舉起，朝他揮舞。他看見謝柏文揮著手，而方茹涵就坐在對方身旁。

「現在由26號葉軒豪上台，表演曲目德布西〈貝加馬斯克組曲〉。」主持人說完話後，他彎腰敬禮，轉身走向鋼琴。

台下方茹涵悄聲問：「〈貝加馬斯克組曲〉是什麼？我怎麼沒聽過。」

「是〈月光〉的組曲唷。」謝柏文小聲回答。

台上，葉軒豪就定位望著眼前這架陌生的三角鋼琴，深呼吸輕撫鋼琴上緣，培養情緒。在他雙手落下的同時，組曲中〈前奏曲〉舒柔的旋律響起，輕快的節奏有如清晨鳥兒在枝枒間跳躍，清脆琴音揭開序幕。

組曲第二首〈小步舞曲〉俏皮的音階變化，反覆重疊的段落和音階起伏、滑行，就像是狐狸與野兔在森林中跑跳躲藏，音律活潑可愛。

到了第三首〈月光〉，葉軒豪的情緒開始起了變化，音符和旋律轉為悠長而綿密，空靈的琴聲迴盪在表演廳，彷彿可以看見自雲層間探出頭的月亮，一瞬間舞台上的燈光成了月光，在場觀眾無不屏息凝聽。他的指尖如同梳理著一頭細長的秀髮般溫柔，神情也如沐浴在月光中，軟泥般的琴音交纏，濃濃情意藉由琴聲款款道出。他漆黑的西裝和鋼琴彷彿相互融合，鋼琴如鏡般的湖泊，而他是湖面上的月影。方茹涵曾聽過他那日於回收場彈奏這首曲，經過多日練習和情緒涵養，這次他彈奏出更具柔情和懷思的旋律，她以淚眼凝望著他，眼中的他在舞台燈光下散發著柔光。

最後一首〈巴瑟比埃舞曲〉節奏加快，富有躍動感的旋律來回重疊，像是準備掀開夜幕前，烏雲漸漸散盡，刺眼的太陽自水平面下升起，轉動巨大火輪，將沉睡的嫩芽喚醒，翠綠枝枒伸展腰桿，鮮紅花苞在輕巧的節奏下綻開花瓣，陽光再次照耀大地，欣欣向榮。

表演廳內樂聲迴音消失，葉軒豪驚覺自己已經完成表演，倏地站起身，在場所有人熱烈鼓掌。他走向台前鞠躬敬禮，目光掃視台下試著尋找方茹涵，然而視線因為淚水而模糊一片。

他知道外婆如果聽見了這首曲，一定會喜歡，她會以自己為傲。

鋼琴比賽結果出爐，葉軒豪走出會場，此時冬日傍晚天空一片清朗，看不見半朵雲，遠處路燈悄悄亮起，散發著柔和的光暈。他還記得和方茹涵的約定，只不過在這之前還有人排在他前頭等候。他不心急，至少不管是對於這次的演出或是方茹涵，他都盡了自己的全心全意。

謝柏文朝他招手走向前。

「太好了，你這次表現得太棒。」謝柏文衝上前抱住他。

「你快折斷我的脖子了。」

謝柏文這才鬆開手，笑嘻嘻地盯著他看。

「比起我你更厲害，拿到了第四名，不是嗎？」

「你可是停了兩年耶，我們不過只差兩名罷了。」

如謝柏文所說，葉軒豪拿到了第六名。

「謝謝你，不是你指導，我怎能有這樣的演出。」葉軒豪誠心感謝。

「休息兩年沒碰琴還可以有這樣的表現，真是傳奇了。」方茹涵從兩人身後走向前。

謝柏文露出識相的表情，揮手先行離場。

「學姊已經和學長聊完了嗎？」葉軒豪本來開闊的心情瞬間蒙上一層霧。他對於方茹涵的答覆依舊不安。

她不回答，只是望著他：「我給你的護身符有好好帶著吧？」

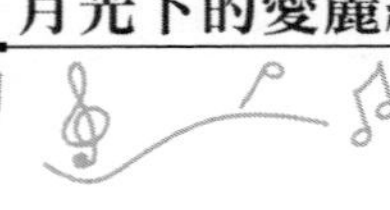

「有，我把它擱在我胸口上。」他回望著她的雙眼，發現她眼眶微紅。

「你又沒口袋，怎麼放在胸口上？」方茹涵微笑，伸手輕拍他的胸口，發現摸到微微鼓起的玻璃瓶。

「我把它做成項鍊，掛在脖子上。」葉軒豪將玻璃瓶自衣服裡掏出。鋼釘在瓶中輕輕搖晃。

方茹涵看他一臉傻勁地微笑搖晃著玻璃瓶，忍不住笑出聲，眼淚卻同時奪眶而出。

「學長拒絕妳了嗎？」葉軒豪驚問。方茹涵搖頭，試圖擦拭眼淚，但另一手抓著拐杖，只能空出一隻手擦淚。

葉軒豪靠上前試圖擦去她的淚水，但她卻鬆開拐杖直接抱住他。

「發生了什麼事？」葉軒豪不理解為什麼方茹涵會哭。他知道林昱澄喜歡她，不可能拒絕，但為什麼她卻在哭？

「他拒絕妳，如果妳不嫌棄，我可以陪妳。」

「他沒有拒絕我。」方茹涵哽咽，「但我卻想來找你，跟你說好。」

「好？」葉軒豪不懂她的意思。

「我說好就是好。你的告白我說了好。」方茹涵靠在他的肩膀上，手緊抓著他的背。

葉軒豪現在終於明白她哭泣的理由了。她因為選擇他，而在為傷害林昱澄哭泣。

「我會好好珍惜妳和他對妳的心意。」葉軒豪輕拍她的頭安撫。

終曲

下學期開學第一週，又到了社團招攬的熱門時期。鋼琴社第一堂社課結束，張亞筠照例留到最後收拾教室。她打開窗，此時已經再也聽不見夜晚那首悲傷的〈給愛麗絲〉。她從朋友那裡聽說了林昱澄休學準備轉學考的消息，明白對方不會再出現在這裡了，不禁輕聲嘆氣。

她走向鋼琴，準備將琴蓋闔上時，卻想起某一夜她在他面前彈奏李斯特的〈愛之夢〉，不由自主地伸出手隨意輕彈了前奏。

「妳之前比賽不是這樣彈琴的吧？」

她聽見熟悉的聲音赫然抬起頭，發現林昱澄站在門口。

「抱走第一名的人，倒是開始對別人的琴藝挑三揀四了嗎？」她忍不住嘴角上揚。

「我來是想向妳道謝，我知道那天是妳找茹涵來和我把話說清楚。」

「我只是想挖腳你來鋼琴社，沒想到你恢復正常了，卻被別校的教授挖走。我還真是吃虧。」

她心想反正今天都是最後一次見面，不管做什麼橫豎都是徒勞，索性直白地問：「你離開學校，誰來照顧你的愛麗絲？」

「我的愛麗絲？」

「當然是指方同學。」她努嘴刻意瞥向一旁，裝作不在意。

「妳知道嗎？〈給愛麗絲〉據說並不是貝多芬要寫給一位名為愛麗絲的人，只是他的字跡太潦草被人誤認，事實上他是要寫給名叫泰瑞莎的女人。從頭到尾，他在尋找的人就不是愛麗絲。」

「這和方同學有什麼關係嗎？」

林昱澄笑而不答。他回想那天比賽結束後，方茹涵第一個先來找自己。見她欲言又止的表情，使他更加確性這些天以來的猜測。

「恭喜你拿到第一。」方茹涵第一句話想了很久，卻是這句話。

「謝謝。」他試著期待下一句話，她卻露出猶豫的神情。

林昱澄上前握住她的手，輕聲嘆息：「妳來找我，不是為了聽兩年前沒得到的答案，對吧？」

方茹涵試圖找話回應，卻依舊遲遲開不了口。

「沒關係，妳什麼也不用說，因為我也不會回答妳。」

「什、什麼意思？」她一愣一愣地望著他看。

他笑得寂寞，搖頭說：「因為我想有沒有知道答案，對我們來說已經不重要了。」

他早就明白，兩年前她給他的問題已經不存在了。

林昱澄將思緒拉回現實，在張亞筠身旁坐下，盯著眼前的鋼琴，他知道現在他的鋼琴應該為自己而彈，而不是為其他人而存在。

「既然你都要離開了，看在我幫助你克服難關的份上，幫我實現一個願望吧。」張亞筠露出淘氣的笑容。

「什麼願望？」

「跟我一起彈一次雙人合奏。」

「可以啊，但妳有四手聯彈的樂譜嗎？」林昱澄微笑。她這樣簡單的要求聽起來有點可愛，這一年多來他並非未曾感受到她的心意。

張亞筠拿出李斯特的〈愛之夢〉，但上頭明顯是單人演奏的鋼琴譜。

「小姐，這只是one player耶。」林昱澄苦笑。

「你彈右手、我彈左手總可以了吧？」張亞筠笑著，右手握住林昱澄的左手，忽視發紅的臉，將空出的左手準備好，放在鋼琴上，「一、二、三，開始！」

林昱澄沒多問她這麼做的用意，只是專心配合她的節拍彈奏。他感覺到她溫熱的手心，突然覺得自己有一天會想念這隻手。

演奏結束，林昱澄輕輕撫過琴鍵，露出愛惜的表情：「我想我會懷念這架鋼琴。」

「為什麼？」

「它會讓我想起我是怎麼錯過了加入鋼琴社的機會。」林昱澄笑出聲。

「開什麼玩笑，我之前勸你好幾次你死都不肯加入，最好會懷念。」張亞筠面露不滿。

「我現在是真的想加入。」林昱澄笑著拿起留在鋼琴上方的入社報名表開始寫字，留下自己的電話和聯絡方式，但卻在社員名上畫線塗掉，改寫上客座講師。

「不是這裡的學生了，改以老師的身分來總可以吧？」他笑著將報名表交到她手上。

「先說好，就算你拿了第一，我也付不出講師費喔。」張亞筠用手搧了搧濕潤的眼睛，接過他的報名表，微笑以對。

♪

星期天下午，葉軒豪騎車來到方茹涵家樓下。他按下對講機，鐵門打開，走上樓準備按門鈴時，方茹涵的哥哥突然打開門，面帶殺氣看著他。

「不好意思，我是茹涵的……朋友。」葉軒豪心虛回答。他心想上回來的時候，對方不是對自己挺客氣的嗎？今天卻看起來殺氣騰騰。

「她在房間裡。」哥哥開門讓他進來。

他走進房內，聽見方茹涵的聲音。

「我在房間，進來吧。」

他來到她家難免緊張。他踏進房內，看見方茹涵坐在床邊對著自己微笑。

「幹嘛站在門口？我又不會吃你。」方茹涵見他一臉戰戰兢兢，忍不住笑出聲。

葉軒豪轉頭看見鋼琴，不由得睜大雙眼：「它看起來像是新的一樣。」

「你太誇張了。我只有換了琴弦和調音準而已。」

「會不會很貴？它之前斷了不少弦。我把費用還給妳。」

「不用，要是你還清了，哪天你想把琴搬走，不來找我了怎麼辦？」方茹涵搖頭拒絕。

「我沒有這個意思。」葉軒豪感覺到背後的視線，知道是方茹涵的哥哥在偷偷監視兩人。

「趕快彈看看吧。」方茹涵指向鋼琴。

葉軒豪努力無視哥哥的眼神，拉開椅凳坐下。他掀開琴蓋，露出像是打開藏寶箱般的表情。他試彈了幾個音，輕脆的音符響起，在房間內迴盪。

「你有聽說昱澄要轉去藝大的消息嗎？」

「已經決定了嗎？」

「上次比賽也有藝大的教授，有教授推薦已經確定新學年就可以轉進去了。」方茹涵垂頭盯著腳邊，雙肩緩緩起伏，隨即揚起頭堆起微笑問：「你呢？有想要繼續走鋼琴的路嗎？」

「當然，只不過我不會想轉學，我喜歡鋼琴，但是我想以自己的步調前進就好。」葉軒豪回答，見方茹涵露出安心的微笑，內心不由得漾起細微的水波。

「妳想聽我彈什麼？」他微笑望向她又說。

「嗯……就彈〈月光〉吧。」方茹涵露出期待的表情。

葉軒豪得意一笑，將手放在鋼琴上，細柔而綿密的琴聲在房間裡迴旋，靜謐的空間裡只聽得見琴聲，如撥撓著湖水般柔美的旋律。葉軒豪認真投入演奏，眼角瞥見方茹涵緩緩站起身，但手上卻沒有半支拐杖或其他輔助器。

他露出期待又驚訝的表情，琴聲的節奏慢了一拍。

「繼續彈，別停。」方茹涵用顫抖的雙腳站立，小心翼翼踏出第一步。

葉軒豪點頭，一面彈琴，一面小心注視著她。

她的腳步又輕又柔，就像是月光下湖中搖曳翅膀的天鵝。她的腳輕輕踮起，小步小步朝他靠近。

樂章結束，琴聲綿延，她彎下腰，輕輕一鞠躬，正要抬起頭時，腳步踉蹌，差點跌倒。葉軒豪趕緊起身上前抱住她。

「抱歉，本來練習時表現得更好。」方茹涵不滿地蹙眉，然而卻聽他聲音哽咽，才知道對方哭了。

「怎麼哭了？」她困惑抬起頭看他。

他燦爛一笑，靠向前親吻她的額頭：「因為這是我看過最美的舞了。」

（全書完）

【後記】

音樂之於我，一直以來在我生命中佔據極重的份量。我有個喜愛唱歌的母親，中學時，我也曾加入過合唱團。幼時面臨父母離婚那段日子，則是靠廣播台的音樂自體療傷，藉音樂度過各階段的喜樂憂傷。還記得，就讀國中時，班上有位同學非常擅長彈琴，看她演奏鋼琴時那般心醉和投入的神情，使我第一次對演奏者產生敬佩的心情，也在潛意識對古典樂心馳神往。

選擇以古典樂做主題，另一層原因就和小說一樣，大學時我曾修了一門古典樂的通識課，藉由這門課我認識到更多美麗偉大的樂章，激發我潛藏在心對古典樂的喜愛。雖然我看不懂樂譜，也沒辦法準確辨認曲名，但每次聽到古典樂，總讓我驚嘆在單純的樂器演奏下，為何能表達出這麼多樣的情感，勾人心弦。〈小狗圓舞曲〉、〈土耳其進行曲〉、〈月光〉等樂章，僅藉由聽覺就帶動腦海勾勒出視覺的想像，如此美妙迷人。在故事中穿插了很多我喜愛的樂章，不論對古典樂熟悉或陌生，我都希望藉由這部小說讓大家可以很純粹地欣賞古典樂，享受生命更多的美好。

《月光下的愛麗絲》是我第二本以音樂為主題的小說，和第一本的《搖滾戀習曲》相比，除了從搖滾樂換到古典樂外，雖然同樣談及夢想，但這次我更想表達的是如何面對生命中沉重的挫折。方茹涵原本是一位前途無量的芭蕾舞者，但遭逢車禍後，造成肉體的重創，導致她的夢想受阻、甚至難以實現。又如葉軒豪和林昱澄因生命中重要的人深受重傷或逝世，在其心靈劃下肉眼看不見的

創傷。

有時候生命是很現實的，要怎麼面對人生中重大的轉折和逆境，學習努力克服失敗、接受並轉化憂傷，或許是比學習成功更重要的課題。

某次工作的挫折，讓我發現，一般所受的教育著重在如何完成、達成成功的目的，卻很少會教導當失誤、失敗產生時，應該怎麼面對，往往等到問題發生才茫然摸索該如何突破困境。面臨現今複雜的社會環境和繁多的人生課題，有人願意伸出援手自然是幸福的，但更重要的是自我如何面對、鍛鍊出更強大堅韌的心靈。

小說中葉軒豪、方茹涵等人經歷了自卑、消極、妒忌等各種負面情緒，每種情緒都是自己的一部分，我們該做的不是遏止負面情緒，而是找出根源，瞭解怎樣將討厭的情緒轉化成正向的力量才是最重要的。也因此，故事結尾我沒有讓主角葉軒豪得到第一名，因為他最重要的課題已經不是成就，而是如何面對和修復自我，並能進一步溫柔擁抱同樣抱持傷痛的人。

最後，希望《月光下的愛麗絲》帶給各位美好的閱讀體驗，感謝各位的閱讀，以及編輯和出版社所有協助完成出版的每個人，下次再見！

朱夏

要青春41　PG1962

要有光
FIAT LUX

月光下的愛麗絲

作　　者	朱　夏
責任編輯	喬齊安
圖文排版	林宛榆
封面設計	蔡瑋筠

出版策劃	要有光
發 行 人	宋政坤
法律顧問	毛國樑　律師
印製發行	秀威資訊科技股份有限公司 114台北市內湖區瑞光路76巷65號1樓 電話：+886-2-2796-3638　傳真：+886-2-2796-1377 http://www.showwe.com.tw
劃撥帳號	19563868　戶名：秀威資訊科技股份有限公司 讀者服務信箱：service@showwe.com.tw
展售門市	國家書店（松江門市） 104台北市中山區松江路209號1樓 電話：+886-2-2518-0207　傳真：+886-2-2518-0778
網路訂購	秀威網路書店：https://store.showwe.tw 國家網路書店：https://www.govbooks.com.tw
總 經 銷	聯合發行股份有限公司 231新北市新店區寶橋路235巷6弄6號4F 電話：+886-2-2917-8022　傳真：+886-2-2915-6275

出版日期	2019年1月　BOD一版
定　　價	270元

Printed in Taiwan

國家圖書館出版品預行編目

月光下的愛麗絲 / 朱夏著. -- 一版. -- 臺北市 :
要有光, 2019.01
面 ;　公分. -- (要青春 ; 41)
BOD版
ISBN 978-986-6992-05-6(平裝)

857.7　　　　107023184

讀者回函卡

感謝您購買本書，為提升服務品質，請填妥以下資料，將讀者回函卡直接寄回或傳真本公司，收到您的寶貴意見後，我們會收藏記錄及檢討，謝謝！如您需要了解本公司最新出版書目、購書優惠或企劃活動，歡迎您上網查詢或下載相關資料：http:// www.showwe.com.tw

您購買的書名：____________________

出生日期：________年________月________日

學歷：□高中 (含) 以下　□大專　□研究所 (含) 以上

職業：□製造業　□金融業　□資訊業　□軍警　□傳播業　□自由業

□服務業　□公務員　□教職　□學生　□家管　□其它____

購書地點：□網路書店　□實體書店　□書展　□郵購　□贈閱　□其他

您從何得知本書的消息？

□網路書店　□實體書店　□網路搜尋　□電子報　□書訊　□雜誌

□傳播媒體　□親友推薦　□網站推薦　□部落格　□其他________

您對本書的評價：（請填代號　1.非常滿意　2.滿意　3.尚可　4.再改進）

封面設計____　版面編排____　內容____　文／譯筆____　價格____

讀完書後您覺得：

□很有收穫　□有收穫　□收穫不多　□沒收穫

對我們的建議：____________________

____

____

____

請貼
郵票

11466
台北市内湖區瑞光路 76 巷 65 號 1 樓
秀威資訊科技股份有限公司 收
BOD 數位出版事業部

....

（請沿線對折寄回，謝謝！）

姓　　名：＿＿＿＿＿＿＿＿　年齡：＿＿＿＿　性別：□女　□男

郵遞區號：□□□□□

地　　址：＿＿＿＿＿＿＿＿＿＿＿＿＿＿＿＿＿＿＿＿

聯絡電話：(日) ＿＿＿＿＿＿＿＿＿＿ (夜) ＿＿＿＿＿＿＿＿＿＿

E-mail：＿＿＿＿＿＿＿＿＿＿＿＿＿＿＿＿＿＿＿＿